# 求医季

张敏宴 著

陕西新华出版传媒集团
太白文艺出版社

### 图书在版编目（CIP）数据

求医季/张敏宴著. — 西安：太白文艺出版社，2017.1（2023.2重印）

（人生四季）

ISBN 978-7-5513-1105-2

Ⅰ.①求… Ⅱ.①张… Ⅲ.①纪实文学－中国－当代 Ⅳ.①I25

中国版本图书馆CIP数据核字(2016)第307511号

---

求医季

QIUYIJI

| | |
|---|---|
| 作　　者 | 张敏宴 |
| 责任编辑 | 姜　楠　胡世琳 |
| 整体设计 | 小　花　泽　海 |
| 出版发行 | 陕西新华出版传媒集团 |
| | 太白文艺出版社 |
| 经　　销 | 新华书店 |
| 印　　刷 | 三河市嵩川印刷有限公司 |
| 开　　本 | 787mm×1092mm　1/16 |
| 字　　数 | 154千字 |
| 印　　张 | 11.25 |
| 版　　次 | 2017年1月第1版 |
| 印　　次 | 2023年2月第2次印刷 |
| 书　　号 | ISBN 978-7-5513-1105-2 |
| 定　　价 | 36.00元 |

---

版权所有　翻印必究

如有印装质量问题，可寄出版社印制部调换

联系电话：029-81206800

出版社地址：西安市曲江新区登高路1388号（邮编：710061）

营销中心电话：029-87277748

生老病死，是人生无法逾越的必经阶段
在本书中，则是指人的生育、养老、医疗、死亡
求医问药，是人类必不可少的正常需求
我们一生，都无法避免走进医院

# 目录

## 第一章　出生，十月怀胎的进程

1. 孕育生命是抢占先机的赛跑　1
2. 隔肚就已开启建卡拼爹模式　3
3. 医院挤满五湖四海大肚准妈　7
4. 乌泱乌泱孕检人群穿梭排队　9
5. 生病孕妇屡遭拒收该找谁看　12
6. 初步体验异国别样医疗服务　15
7. 严阵以待生育高峰产妇井喷　23

## 第二章　衰老，不可逆转的规律

1. 衰老总是悄悄而至不迎自来　30
2. 再也不敢把自己当作年轻人　32
3. 不注意保养维护身体是自虐　33
4. 身体不堪承受滥用饮食额度　35
5. 年龄不饶人你不服也得服啊　37
6. 以房养老治病无法逾越的坎　38
7. 养儿防老保险系数大也白搭　40
8. 颐养天年的生活被拆迁打破　42
9. 光鲜背后那难以言说的孤寂　44
10. "四二一"家庭养老的不堪重负　47
11. 养老院生活有人欢喜有人忧　50
12. 志趣相投老人互助养老就医　53
13. 周游世界享受人生潇洒养老　57
14. 为了保住棺材本而理财投资　60

1

人生四季
◎ 求医季 ◎

  15. 保健生意瞄准锁定老人腰包 65
  16. 快乐是强身健体的重要秘诀 72

## 第三章 疾病，难以避免的乱码

  1. 在暖箱里想念妈妈的肌肤心跳 79
  2. 阿氏评分高分儿瞬间遭遇逆转 84
  3. 有些病只需要呵护不需要就医 86
  4. 不吃药打针输液等待孩子自愈 89
  5. 宝宝便秘或腹泻的症结在哪里 94
  6. 有一种冷就叫作你奶奶说你冷 96
  7. 免疫部队呆呆看细菌部队肆虐 99
  8. 网络导致青少年"三手病"高发 101
  9. 壮实小胖墩步入"小糖人"队伍 103
  10. 亚健康状态普遍困扰青年人群 105
  11. 心脑血管病不再是老年人专利 109
  12. 宫颈糜烂不是病不是病不是病 113
  13. 小叶增生与乳腺癌没直接关系 117
  14. 肛肠病得由靠谱肛肠医生诊治 119
  15. 你又没水喝岂能把自己当骆驼 122
  16. 不能把所有的鼻塞都当感冒治 125

## 第四章 死亡，人生旅程的终点

  1. 来不及认识世界却已匆匆离去 127
  2. 没有妈妈的日子里你自己保重 129
  3. 意外事故是婴幼儿生命的杀手 132
  4. 孩子走了留下痛不欲生的父母 137
  5. 身体发肤受之父母岂能轻别离 139

## 目录

6. 白发人送走黑发人的失独惨痛　142
7. 上有老下有小的中年最是难熬　148
8. 她把苦涩的难言之隐带进坟墓　150
9. 我们的肩膀承受不了山大压力　154
10. 他站在高楼万念俱灰跳了下去　156
11. 老人苦苦哀问为啥不肯救我呀　159
12. 医疗事故后冒出来的至亲骨肉　161
13. 沉痛葬礼上儿女子孙大打出手　163
14. 请把厚葬的钱用在厚养老人上　166
15. 从容坦然面对死亡之神的降临　169

# 第一章 出生，十月怀胎的进程

虽然，国际医学公认孕妇和产妇都不是通常医学定义上的患者，而只是女性的一种自然生理现象。但是，女性一旦怀孕，难免要去医院看医生，这已经是一种常态。分娩，更是要在医院里进行。

## 1. 孕育生命是抢占先机的赛跑

数亿精子，长途跋涉，力争上游。谁能力挫群雄抢占先机，谁就能成为那个投胎做人的幸运者。

怀孕如此，生育也是如此。当母亲肚子里的那位冠军甫一胜出，肚皮外面另一场赛跑的发令枪也就鸣响。孩子们的起跑线，已经前移到医院产检和生产这道程序了。

上海的盈盈为着腹中那米粒大小的胎儿，来回奔波着"抢"办孕育就医手续。她说，在上海，从化验确定怀孕的第一时间起，就必须赶紧技术性地穿插办理各种各样的登记预约，丝毫不能喘息懈怠，否则时间上根本就来不及。

笔者跟访了盈盈办手续的全过程，见证了各种登记预约的一个"难"字。

首先，要去孕妇户籍所在地居委会，找到计划生育工作人员办理《计划生育准生证》，官方的说法叫作生育登记。居住地与户籍分离的盈盈有过教训，她知道计划生育工作人员忙得很，倘若贸然穿越大半个城市径直前往，极有可能逮不到经办人，徒劳往返。

盈盈说，白白耗费精力也就算了，最要命的是时间耽误不起啊。才二十七岁的她已经是怀第二胎了，自信凭经验可以轻车熟路，不会再像怀第一胎时那样，两眼一抹黑，反复折腾。所以，她决定先从网上搜索居委会的电话，事先预约好了再去。

岂料，电话接通后，对方声称这是家庭住宅电话。想必是骚扰受多了，所以接听电话时的态度颇有些不耐烦。盈盈赶紧致电区卫生计划委员会询问，得到的却是与网上相同的一个电话号码。

于是，盈盈只能死了这条心，放弃电话先行预约的打算，径直扑过去。按规定，办理"生育登记"必须是夫妻双双同去。盈盈和丈夫两人好不容易调整好工作安排，腾出时间，带齐了所有证件材料，赶往居委会。

果然，任务很重的计划生育工作人员没有在岗，而其他办事人员又要无法替代其工作。好在居委会工作人员还是善解人意的，没有推诿不管，他们内部一番电话沟通之后，约定让盈盈夫妇俩次日上午再去办理。

次日，盈盈夫妇俩再次腾出时间前往。因为担心计划生育工作人员又要外出办事，所以他们就抢在居委会上班前，候在门口等待开门。但是，很不凑巧，他们又扑空了，计划生育工作人员临时开会直接从家里去了，没有到居委会来。

盈盈天生一个好心态，她说还算好的，最后夫妇俩前前后后加起来一共也就只跑了三次，就顺利办妥了生育登记，还当场拿到了盖有公章的生育登记证明。比起他们十八个月前第一次来办理生育登记证明时所受的周折，已经算是很大的进步了。

在笔者采访过的三十八位年轻妈妈中，生育登记证明这头一道门槛，能一次性通过的，也就只有一位幸运儿，其余三十七位最起码也要两次才能办好。

小金女士告诉笔者，她那时办《准生证》也费了好大的劲。因为不是本市户口，要到老家去办。她人没有回去，是托家人给办的，家人前前后后起码跑了七八趟，大部分都是扑空找不到办事的人。就算找到，也不会把所有需要准备的材料告诉你，每次收集好东西过去，都要补这补那的，反复反复再反复，起码办了一个多月才开出证明，办了《准生证》。

小白女士的情况则更复杂一些，她老家是在外地农村。当初政府提倡"只生一胎"时，他们积极领取了《独生子女证》，也拿到了独生子女的奖励金。而今，政府放开了二胎政策，可是办理《准生证》时，工作人员说，得先追回当初政府奖励的那几千元钱，还得缴纳违约金，程序上也是一大堆繁杂手续。

年轻妈妈们回忆起办理生育登记，各种吐槽不少：

国家政策医疗服务都有问题。怀着孕，身体本来就很不舒服，还得跑东跑西，去建档办什么《准生证》！

办个《准生证》，还得带上这证那证的一大堆材料，都信息化社会了，政府部门就不能联网信息共享吗？

办个《准生证》，还夫妻双双来来回回地跑，可我们不上班的时候，你们也不上班。知道年轻人早出晚归地上班，要请个假是很难很难的吗？这年头，肚子饿了，都还能让"饿了吗"把吃的给送上门来；去美国领事馆办理签证，还能在网上先行填写递交表格。

办个《准生证》，居然还得去社区医院做优生优育检查，还得夫妻双方空腹去，不检查还不给办，难道我已经做过的三甲医院B超、血检，不比你社区医院的顶事吗？

## 2. 隔肚就已开启建卡拼爹模式

接下来的流程，是"孕妇建小卡、大卡"。上海市卫生和计划生育委员会官方网站的口径是：根据本市目前的相关规定，孕妇孕十三周内到居住地所在社区卫生服务中心进行早孕保健并建立《上海市孕产妇健康手册》（俗称小卡），然后到区域指定助产医疗机构进行产前检查并建立产前检查档案（俗称大卡），从而纳入规范的产检服务流程。

不过，按照盈盈的说法是，孕妇倘若老老实实，真的按照市卫计委的官方指南办事，那绝对是行不通的。好在现在网上五花八门的"孕妇建小卡、大卡攻略"满天飞，便于年轻孕妇上网搜索学习研究。这是省不了的程序。

所谓"小卡"，就是指上海市妇幼保健中心印制发放的那本小册子。盈盈户籍所在地的街道医院，只有每周四的下午才办理此手续。前几天她多次路过此医院而不入，那是因为还没有办理"小卡"的"生育登记"证明。而今虽一纸证明在手，却已错过了街道医院每周四下午那半天的办理时间。

据笔者了解，上海各区各街道医院办理"小卡"手续的时间不一，许多孕妇好不容易开到了户籍所在地居委会的证明，却又错过了户籍所在地街道医院的办理时间。

有位叫米妈的孕妇在微博上称：到户口所在地的居委会办了登记，户籍所在地街道医院周五又不上班，真的是要哭了……

到了第二个周四的下午，盈盈在户籍所在地街道医院进行了尿常规、验血、白带化验等一系列检查之后，算是办妥了建"小卡"手续。"小卡"不是当场可取，得等上数个工作日才能到手。

盈盈说，抢办"大卡"也是燃眉之急。孕妇选择在哪家医院生产，就得提前在哪家医院办理预约登记及全程产前检查。到时候挤不进医院，建不了"大卡"，在哪里生孩子都会成大问题。

几乎所有的医院都规定，怀孕必须满三个月以上，才能凭"小卡"办理"大卡"，通常有些医院是孕十六周才可以建"大卡"。笔者掐指一算，盈盈怀孕才短短数周，时间上应该非常宽裕啊，可性格比较淡定的她，却总在反复强调"时间来不及了"。

## 第一章　出生，十月怀胎的进程

盈盈解释说，上海但凡有产科的综合医院都已经人满为患了，而专科医院的额度更是紧俏无比。

早在2012年4月，上海《新闻晨报》就曾经报道过：

国妇婴，满了；红房子，满了；中山医院，满了；仁济医院也不能接收。

国妇婴咨询台的护士表示，这几个月建卡的人越来越多，预约时间只能一次次提前，以前怀孕六十五天就能建卡，现在怀孕六十天来建卡都难有保证，最好是怀孕三十天左右就来建卡。

长宁区妇幼保健院门诊大厅内挤满了怀孕的准妈妈，笔者以刚怀上宝宝的准妈妈身份要求预约登记，当笔者说出怀孕六周时，工作人员立即拒绝："名额已经满了。"在预约登记处附近，一位准妈妈向笔者叹起苦经："我怀孕三十二天就来预约了，但登记处的工作人员说，现在人太多，预约上的最后也不一定都能建上大卡。"

原本床位较空的二级综合医院今年的情况也并不乐观。昨天，笔者调查了虹口、徐汇、长宁、普陀、黄浦、杨浦、浦东新区等七个区县近十家二级医院，发现从这个月开始，预约建卡的准妈妈大幅增加，有个别二级医院也不堪重负，不得不限号。地处徐汇的第八人民医院是徐汇区唯一一家有产科的区级医院，今年1月前，每个月约有二百五十名产妇建卡。没想到，从2月开始，预约检查的产妇翻番，达到五百个。

上海市卫生局昨天表示，上海有八十四家医院有产科，产科总床位达到二十三万张，总体能满足上海今年预计约二十万出生人口的需要。针对建"大卡"难的问题，卫生部门表示，最近将立即进行调研，采取干预措施。

盈盈告诉笔者，虽然按规定必须凭"小卡"才能去选定医院建立"大卡"。但是，如果按正常流程，等拿到"小卡"再去走下一步流程，那么可能根本就没有预约建"大卡"的机会。所以，她在发现停经不到一周的时间内，就已经争分夺秒抢先去挂了C区妇幼保健院的号就诊，先伸个脚占个位置，有利于下一步的预约。

但是，小白女士却说，她就根本不需要奔波办理什么"小卡"，因为她挂的是 G 专科医院的 VIP 号。

初诊挂号费是 1000 元，复诊挂号费是每次 800 元。

住院的固定费用是分 A+档套餐 8000 元／天、A 档套餐 7000 元／天、B 档套餐 6000 元／天、C 档套餐 5000 元／天。有一天算一天费用。顺产的加收 3000 元，剖腹产的加收 5000 元。当然，还有伙食费啊、待产包啊、申请陪产啊、开奶啊等许多费用没有计算在内。

小白女士说，因为大都是零零星星滴滴答答地在支付，所以也算不清楚究竟总价是付了多少了，只能说个大概数在四万左右吧，这还是选择的相对比较低价位的套餐了。

小白女士还说，G 专科医院某分院也是不需要凭"小卡"办理"大卡"的。

媒体报道 G 专科医院某分院的标题极其诱人：让婴儿在"安徒生童话王国"里出生。

G 专科医院某分院是一所"政府搭台指导、企业化市场运营"的医院，这是 G 专科医院首次尝试与社会医疗机构合作办医，为医疗改革提供一个试点样本。这所医院的投入使用，将缓解近年来困扰上海的孕妇建卡难现状。新医院将改善某区缺乏妇幼保健医疗机构的状况，为周边约二十万居民提供服务。

小唐女士告诉笔者，她家与 G 专科医院某分院近在咫尺，也算是周边二十万居民之一。但是，这家号称为包括小唐女士在内的居民提供服务的医院，它那土豪级的收费，不是普通居民所能够问津的，所以她只能舍近求远，到二十公里开外的隔壁区中心医院建"大卡"。

据媒体报道，G 专科医院某分院是全国首创"产科医院+月子会所"的"全流程综合服务模式"。不过，入住该院的费用并不便宜。该院将根据每位产妇的不同体质，一对一地制订个性化的月子服务，费用约为 9.8 万元／月。

## 3. 医院挤满五湖四海大肚准妈

C区妇幼保健院在对盈盈进行了尿常规等检查之后，初步诊断她已处于妊娠状态，同时告诉她建"大卡"预约已额满。

当盈盈的"大姨妈"没有按约而来，就第一时间惊喜地意识到了怀孕的可能，因为她月经周期极为规律，从来没有提前或延迟，这也使得她能够比较早地通过早孕测试卡确认了好消息。也就是说，许多月经周期不太规律的女性，可能在这个时间段上，还根本不知道自己怀孕了呢！

万幸的是，C区妇幼保健院并没有将大门关死，医生善解人意地表示，可以把盈盈纳入后备队列。医生甚至还为她开出了十六天之后的B超预约单，这让心情极为沮丧的盈盈又重新燃起了希望。

十六天后，盈盈按约在C区妇幼保健院做好B超，拿去给医生看。

医生说："这个后备队列几乎是没有希望的，还是抓紧去其他医院建'大卡'吧。"

出了医院大门，盈盈无奈地摇头苦笑："明知已经没有名额了，却还弄出个什么后备队列拖住人家，开药啊，检查啊，硬生生地被C区妇幼保健院耽误掉了十六天时间，这才告诉说让去其他医院建'大卡'！"

在上海孕检生产的并不仅仅只是上海籍产妇，操着五湖四海乡音的大肚子准妈妈，在医院里随处可见。

三十八位被采访孕妇中，其中就有二十六位是外地户口。据笔者了解，近年来，上海出生人口大幅回升并处于高位运行。今后上海常住人口年均出生数量预计在二十六万上下，受二胎政策推动，2016年至2018年将出现生育高峰，达到二十七点六万。2013年，上海户籍出生人口占全市出生人口的53.4%，而非上海户籍出生人口升至46.6%。

小邓女士是江苏昆山人，夫妇俩都是富二代。她所居住的花桥镇，素有

"江苏东大门、上海后花园"之称。便捷的高速公路，让他们早就把上海视作同城了，坐进奔驰，一脚油门奔驰而去，不到一个小时，就能开到上海市最繁华的商区了。

平日里，买个衣服、包包，吃个饭，喝个咖啡，做个SPA，小邓女士都习惯往上海跑。遇上生孩子这样的大事，那她更得往上海跑了。

小邓女士到大名鼎鼎的G专科医院建"大卡"时，刚刚怀孕六周加一天。但是，VIP号却已经满了。她赶紧掉头，赶到某区中心医院与美国合资的H医院，总算建上了"大卡"。

H医院是家贵族医院，产前检查的套餐价是人民币18888元，顺产精选套餐价是人民币58000元，顺产尊享套餐价是人民币65000元，剖腹产精选套餐价是人民币98000元，剖腹产尊享套餐价是人民币108000元。

小周女士和丈夫都是河南人，夫妻双双都是做足疗的，在上海已经打拼到第八个年头了。她说，本来一直是想等筹到了首付款，买下了房子，再考虑生孩子的事情。但是，这些年来，房价一路往上涨，眼看买房子是遥遥无期了。可是，这生孩子的事情却不能再继续拖延下去了，实在是自己的年龄等不起呀！

这女孩子二十八岁的年龄，在小周女士的河南农村老家，绝对属于高龄了，村里那些一起长大的同龄姐妹们，早就是孩子满地跑了。

小周女士在上海一家区级二甲医院顺利建上了"大卡"，下来顺利的话，生个孩子收费也就几千元钱，所以全家都非常满意。

小曹女士虽然是绝对正宗的上海人，可是她的户口却远挂在云南。知青父母虽然把她生在了边疆的山沟里，但她却一直向往繁华大城市上海，那里有她的爷爷奶奶和外公外婆。

小曹女士的父母，当年奔赴千里之外的穷乡僻壤，给弟弟妹妹们创造了留城机会，还有上海国营企业那领工资的铁饭碗。

可是，上海的同胞手足却完全不领这个情，谁都不愿意让小曹的户口迁入自己家的户口簿，这使得党和国家那暖人心怀的知青子女回城政策，在她家成为一纸空文。

随着爷爷奶奶和外公外婆的相继离世，小曹一心正本清源做回上海人的梦想，就此彻底破灭。二十五年来，她在云南被叫作上海人，在上海又被叫作云南人。

而今，小曹女士的父母都已经退休落叶归根，但是那个叫户口的东西，让他们的根无法扎进上海的泥土，只能如浮萍一般漂浮。

小曹女士的丈夫，是与她同病相怜的上海赴新疆知青子女。小夫妻俩分别在上海的高端奢侈品商场里做营业员，妻子卖名牌珠宝首饰，丈夫卖手表。

长期浸润在奢华的氛围中，接触到的都是一掷千金的大户，眼界也未免跟着奢华起来。最初他们考虑的是在价钱相对便宜的二甲医院建卡的，后来看自己的几位客户都是在上海几家著名三甲医院里建了VIP卡，小曹女士和丈夫一咬牙，想着要对自己好一点，也就追风在上海著名三甲医院建了VIP卡。

## 4. 乌泱乌泱孕检人群穿梭排队

上次在C区妇幼保健院，体检结束付费之后，盈盈才注意到，医生为她开出了进口叶酸，而看病历上并无这项记载，但是盈盈事先已经自行购买了日本叶酸。

笔者好奇，便特意咨询："尚没有取药，是否可以退费？"服务台工作人员表示，现在医生已经临近下班了，下次来时让医生签了字就可以退的。

十六天后，笔者一大早再次随盈盈来到C区妇幼保健院。注意到做B超的等候人群中，有一些孕妇的情况与盈盈相同，也都忐忑地处于后备排队状态。但是，这些孕妇都抱着极大希望，她们也认为，假如一点希望都没有，医院怎么可能又开药又预约做B超呢？

趁盈盈等候做B超时，笔者下楼去排长队咨询退费手续，服务台说不需要手续，只要让医生签了字就可以退。但是上楼问医生，又说必须去挂了号才能来签字退费。

笔者下楼直接排在长队尾，挂号与收费是在同一个窗口的。

"你预检单呢？"

"我们没有预检，因为不是看病，只是退药费。"

"退药费不需要挂号，只要医生签了字，来退就可以了。"

"可医生说要挂号的。"

"噢，那你去预检，然后来挂号。"

笔者又去预检台。

"看什么病？"

"不看病，只是要退药费。"

"退费不用挂号，直接上去让医生签名就可以退了。"

"可医生说要挂号才能签字退费。"

"噢。"

于是又重新排长队挂号，上楼签字，下楼排长队退费。工作人员见笔者在追问退费究竟需要不需要挂号，便安慰说，反正你们要做B超的，那么挂了号就可以把报告拿过去给医生看一看了。

没有预约到C区妇幼保健院"大卡"的盈盈，后来去了G专科医院。

第一次去的成果是先拿到门诊预约单，首次候诊时间预约在二十七天后的早上8点，而建"大卡"的时间则预约在六十六天后的下午1点半，也就是说，盈盈已经一只脚成功伸进了G专科医院，她总算松了口气。

虽然，预约孕检的间隔时间非常漫长，但预约的时间点非常精准。按正常理解，首次候诊时间是8点整，那么略微提前些许时间抵达医院就行了。

还是盈盈有经验，到底网上眼花缭乱的"孕妇建卡攻略"算是没白看。首次候诊，她天还没亮就在母亲陪同下摸黑出门了。到医院才早上6点多，门口就已经乌泱乌泱的一大群人了。

## 第一章　出生，十月怀胎的进程

候诊区域，孕妇有专座坐等叫号。盈盈才一岁半的儿子不肯安分下来，抓抢着妈妈手里拿着的一大堆就诊资料，外婆见状便进去相帮抱着外孙站在一旁。

虽然祖孙俩挺自觉，并不占孕妇们的候诊座位，但保安还是走过来劝其离开，因为医院规定家属不能陪同。

"孩子还小，黏着妈妈，我抱着离开他要哭，能不能破例照顾一下？"外婆赔着笑脸商量。

"这是医院的规定，我们也没有办法。"保安坚持原则，但语气还挺客气。

祖孙俩一离开候诊区域，孩子就哇哇大哭起来了。怕噪音影响到大家，外婆赶紧抱着外孙往外跑，又被沥沥的春雨挡在了医院的门厅。

孩子铆足了劲大哭，嘴里不停地叫着"妈妈"，没有停下来的意思。外婆只能又折回候诊区域外，远远地，妈妈在那一头，孩子在这一头，隔空相望。生下来还没有离开过妈妈的孩子，嗓子都哭哑了，还是不肯罢休。

一旁的厕所门口，男厕，门可罗雀；女厕，则排成了长龙。时不时有步履沉重的孕妇端着一个很薄很小的塑料杯，从人群中挤出来，还尽量控制着尿液以免晃荡。

B超在地面二楼，心电图在地下一楼。取号，排队，与就诊区域差不多的景象……

笔者早年在日本，曾经陪着姐姐去医院产检，还全程陪同姐姐进入产房生产。二十多年前的日本产院里，就已经有可以暂时hold住大宝们的儿童乐园。

盈盈是在美国生的第一胎。当时在美国诊所产检时，看见孕妇带着大宝二宝一起来是不稀奇的，甚至大宝还可以跟进产房陪伴母亲生产。当然，医院规定，剖腹产是不可以带孩子进去的。

但是，盈盈说，国情不一样，中国医院这样规定是为了保护就诊孕妇的利益，也是非常能够理解的。

"其实我这第二胎也是要到美国去生的。"盈盈说。

"那你干吗还费这么大劲去建'大卡'啊？随便找家医院建个'大卡'不就行了嘛！"笔者问。

"一些重要的检查在普通三甲综合医院是没有的，比如唐氏综合征的筛选，还有大排畸，都是需要到专科医院检查的。但是，等三甲医院医生按部就班告诉孕妇需要到专科医院做这检查那检查时，就已经完全预约不到名额了。因为，专科医院肯定要优先满足在自己医院建'大卡'的孕妇，外卡孕妇嘛，就只能靠后了，得等人家有空闲了才能考虑啊！"

"那这些重要检查只有专科医院才有吗？"

"有些顶级医院也是有啊，可是要在顶级医院建'大卡'同样是难啊！既然一样都难，那就选家专科医院啦。"

## 5. 生病孕妇屡遭拒收该找谁看

盈盈说，第一次怀孕时，她对建"大卡"这种事并没有太重视，只是贪图便利，在家附近找了一家三甲综合医院，随意建的"大卡"。

2013年9月1日上午，怀孕二十六周的盈盈因腹部疼痛，去一家区中心医院就诊，诊断结论是胆囊炎发作。虽然白细胞非常高，但是因为疼痛已经缓解，医生出于谨慎，并未用药，只是医嘱：喝粥静养。

深夜时分，盈盈腹部的疼痛加剧，而且还伴有高烧。于是，家人赶紧带她前往建"大卡"的三甲综合医院看急诊。虽然挂上了号，可接诊医生一看到患者大腹便便，立刻就先推："孕妇我们不看的。"

"可是，我的孕妇产检'大卡'建在你们医院，你们不看，我们去哪里看？"盈盈急眼了。

"那你想要怎么看？"医生见推脱不了，便问。

"首先要控制炎症。"幸亏事先已请教了专家，盈盈脱口而出。

第一章 出生，十月怀胎的进程

"那……你们要怎么控制炎症？"医生又问。

"输液，使用抗生素消炎。"虽然请教的专家平时是主张慎用抗生素和输液的，但是他们认为此刻孕妇和胎儿均处于危急之中，不能让病情继续发展。

"因为是孕妇，所以使用抗生素必须要你们家属签字负责才行，否则我们就不能再看下去。"医生说着写下"患者自行要求使用抗生素，一切后果自负"，就放下笔等患方表态。

盈盈的家属立即在指定的位置签上了名。

"那……你们要用什么抗生素呢？"医生居然提笔等患方回答。

"青霉素或者是红霉素系列。"盈盈翻版药学专家和妇产科专家的指导意见，孕妇用药相比一般患者有许多局限。

"我们医院没有静脉输液的红霉素，青霉素倒是有，但是我们医院晚上没有做皮试的医生，所以也是不行。"医生说着，又放下笔，看着盈盈。

盈盈没辙了，顾不得夜深，立马拨通专家电话紧急请教。

"那请医生报报，他们这三甲医院都还有哪些抗生素可以供孕妇选择？"那一头，专家听了也很意外。

"我们只有氧氟沙星和头孢。"医生说。

"氧氟沙星绝对不行！医生怎能给你推荐氧氟沙星？这种药，连十八岁以下的孩子都不能用，怎么可以拿来给胎儿用呢！这两个药里面，你只能选择用头孢。"电话里，专家惊呼起来。

假如没有认识的专家可以咨询，那么"一切后果自负"的字也签了，药也是自己选的，盈盈不由得吓出了一身冷汗。

医生开好药，又叮嘱说："我只是给你看胆囊炎，妇产科的问题我可不懂，你得重新挂妇产科的号去看一下啥情况。"

于是，盈盈输液完了之后，又再去挂了妇产科急诊的号。东大楼验血、西大楼超声检查之后，产科医生极为认真地先是向盈盈表述了预后如何如何凶险，又在病历卡上写了一大堆胎儿可能出现的情况，字字触目惊心！接着，又把家属叫了进去，签字表明知晓：胎儿出现什么状况都和医院无关。

然而，盈盈及家属在获悉凶险并签名后，得到的却不是治疗方案。产科医生比较坦率，她实事求是地告诉盈盈以及家属，产科对胆囊炎的治疗不太了解，嘱咐患者再去挂外科号看看胆囊。

盈盈感觉自己像个球，被这科踢到那科，一个循环下来，管头的人不管脚，管脚的人不管头，还要一切后果都自己负责。这下，他们全家心里都不踏实了，就想赶紧转个靠谱点的医院。

其实，盈盈他们家当时那是完全不领世面，孕妇得了超出头疼脑热范围的病，能有医院肯收就已经很不错了。

2014年12月7日的晚上，身怀四胎的孕妇小袁，突然头晕目眩呕吐不止。120急救车把小袁从农村送到陕西省城的某医院。没想到接诊医生表示，医院的医疗条件有限，建议尽快转院。

半夜，小袁又被家人送到某专科医院，院方也是说，怀了四胞胎，情况特殊，医院条件有限，没法收。

凌晨，小袁再被家人送到某大医院。可院方表示，不能保母子平安，建议转院。

一直折腾到早上6点，连遭三家医院拒收的小袁总算被西安一家医院收治。经过医务人员的努力，最终母婴平安。

山西的小彭也是一位高危孕妇，即将分娩的她辗转了省城几家医院都被拒绝。一家医院收治后，为挽救母婴生命，立即紧急组织力量实施抢救，确保了母子安康。

笔者发现，孕期患病就诊难不是个案。当然，高危产妇被医院挽回生命的报道也常常见诸报端。

## 6. 初步体验异国别样医疗服务

与大多数孕妇采用全权委托中介机构的方式不同,盈盈和丈夫还有家人,是 DIY 赴美生子,这样可以省下大笔的美金,全程仅需支付不到五千美金的产检及生育费用,差不多与上海医院 VIP 低端套餐收费持平。

至于在美国吃喝拉撒的开销,在中国也每天都要面对的。机票住宿?盈盈她全家本来就是穷游达人。她的父母就是在旅行中相识、相恋,又是在旅行中结婚,孕期也还带着腹中的盈盈四处看风景。

盈盈和她先生也是在旅行中相识、相恋并结婚的。婚后,全家继续旅行,在二十多个国家以及国内的许多地方留下了足迹。

就在即将飞往希腊的数小时前,盈盈发现并确诊怀孕了,但是,他们并没有停下旅行的脚步。回国后又两次以令人目瞪口呆的价格秒杀"飞日本含住宿"的套餐,还扫了一次白菜价邮轮尾单韩日游。如今,她决定全程房车待产坐月子,把产程当游程,也是一种不一样的体验。

"美国允许外国孕妇去生孩子吗?"无数人会问盈盈。因为,一直有中国孕妇被美国拒绝入境,甚至被遣返的现象发生。美国官方大规模查抄华人月子中心,更给中国人留下了深刻印象。

"诚信!"盈盈的秘诀就两个字。

在美国入境时,入境官还没开口询问之前,她就直截了当地坦言:"有一个小宝宝在我的肚子里,我们是来生宝宝的。"

秒过!入境官甚至都没有看盈盈手里的一厚叠资料,但这些精心准备的资料是她诚信的底气。作为"外国人",最起码要具备自费产子的经济能力,而不占用他们本国公民的福利。

奇思妙想的房车待产月子之旅,令很多朋友感到好奇,大家最关心的是:孕妇和婴儿是否舒适方便?

盈盈说，只有试过才知道。因为全家之前在美国已经有过房车之旅的体验，所以颇有经验。她认为，房车的特点就是非常适合老弱病残幼，当然也适合孕妇。

因为胎儿压迫了膀胱，很多孕妇都会尿频尿急，而房车就可以避免四处找厕所的尴尬。到了异乡他国，怕中国胃受不了美国餐饮？房车上，冰箱、烤箱、微波炉、灶具一应俱全，而美国的华人超市比国内超市还具有中国特色，所有中国食材、辅料、调料应有尽有，还怕整不出满桌对胃口的菜肴来？

孕妇本来就需要少食多餐，盈盈到了孕中后期，更是端起碗来就饱，放下碗来就饿。而在房车上，随时可以变身为各种高级景观餐厅，海景火锅、山景烤肉、湖景干锅，随时随地，想端碗就端碗，想怎么做就怎么做。

盈盈的一次孕期糖耐测试，房车的优势突显无遗。盈盈习惯每天睁开眼睛就吃东西，否则就会眼睛发黑，身体无力。但是，糖耐测试必须空腹，所以盈盈得强忍着极为不适的感觉。每抽一管血得要喝糖水等待一小时，总共要抽四管血。

空腹的盈盈饥饿难熬，唯一的办法就是抽好血立即回到房车上，躺下闭目养神。当她在实验室抽好最后一管血的时候，回到房车上，立刻就可以热气腾腾香喷喷地开吃了。换了其他孕妇，哪怕是以最快的速度找家饭店坐下，点菜上菜总是需要一点点时间的吧。

那么，房车对于孕妇而言，是否安全呢？其实是再安全不过了！盈盈感觉要生时，已是深夜。她平躺着啥也不用操心，房车那九米九的庞然大物就已经稳稳地驶入了医院。

别家孕妇，不也有个从家里移动到医院的过程啊，不坐房车，那不也得坐其他交通工具去医院吗？

生产后，房车的好处更是发挥到了极致。鲜鱼汤、母鸡汤等等中华料理，分分钟就端进了西洋产房，真正的中西结合疗效好。

出医院，一脚刚刚离开产床，转眼就又躺在了房车的月子床上了。躺着

## 第一章 出生，十月怀胎的进程

躺着，还能往风景区去转上一转。想下就下，不想下，就坐在车上隔着大视野景观车窗饱一饱眼福。

要喂奶了，私密哺乳室绝对棒棒的。婴儿吐奶了，尿尿了，拉屎了？随时在洗浴室里，热水放出来洗一洗。

五十二岁的冯女士，在月子中心的安排下，随集体去了好几个著名的景点观光；又意犹未尽，自己通过华人超市附近的华人旅游公司，去了一些分布较远的景点旅游，也算是生产、旅游两不误了。

小应女士也是不满足于月子中心安排的蜻蜓点水式旅游，干脆租了一辆大红色跑车，在不孕检的时间段里，跟着导航仪四处旅游。

除了旅游，小应女士就一头扎进奥特莱斯，买，买，买！每次她从商场回来，不大的跑车空间里，都堆满了大包小包，回国时托运了四个大箱子。

小滕女士则比较节约，除了生孩子以及吃喝拉撒的费用，几乎没有安排旅游的预算。好在华人租房中介机构集体带着大肚子房客，免费去了一些标志性景点，到此一游拍照留念，也算是没有白来美国。

盈盈是在好几位亲人的陪同下，掐着准确的预约时间点踏进 Wong 医生诊所的，签到后就开始填写一大堆资料。稍后，护士便把她带到一个房间里，做了一系列基本的身体检查，还提了很多问题，并且一一记录下来。

整个检查过程的体验非常好，尤其是尿检，厕所特别宽敞干净，接尿的杯子也比较大，孕妇用记号笔在接尿杯上写上自己的名字，直接放在厕所的窗口上就行了，不用自己端着接尿杯跑来跑去。

基本检查结束后，护士引领大家来到 Wong 医生的办公室，请他们稍坐片刻，说医生马上就会过来的。

在美国，要成为一名医生真的非常不容易，需要一个漫长的培养周期，起码要取得医学博士学位和相应的职业资格才能独立工作，因此他们享有很高的社会地位和收入丰足的经济地位。

盈盈环视了 Wong 医生的办公室，墙上挂的不是锦旗，而是学历证书，还有各种培训证书。令人震撼的是，满满一面墙壁，都是 Wong 医生的证书。她细看这些证书的时间落款，注意到每间隔一个时段，就会有一张相关机构颁发的证书。

切入正题之后，盈盈从谈话中发现，Wong 医生对她在上海的产检情况已经了如指掌，可见他认真研究了当初扫描发送过来的全部产检资料。

盈盈做了一些相关检查。在美国，检查报告不需要自己来领取。实验室与所有医院都是数据共享的，医生能够在第一时间得到实验数据。盈盈说，国内产检时，在同一家医院，还需要孕妇自己跑来跑去拿报告。有些当天不能取的报告，就得过几天再到医院跑一趟，取了报告拿给医生看，还得重新再挂号才可以。

盈盈及家人抽空去了一趟 S 医院实地考察，以确定最终是否在这里生产。因为如果发现任何不满意的话，患者是可以随时更换医院的，当然对医生也是如此。

盈盈告诉笔者，她在国内医院的时候，通常有问题想咨询医生，都要在心里斟酌很久才敢问出口。说实在的，中国医生是真的很忙很辛苦，她怕遇到他们心情不好时自己撞枪口上。而在美国，她都是有什么想法直接就问了。

渐渐地，盈盈的宫缩开始有了微弱的痛感，她看了一下墙上的钟，频率在五分钟一次，每次宫缩间隙几乎都要睡着，宫缩时又醒来。此时，宫缩时的宫压指数在八十左右。

盈盈生怕五指以上就不能再上无痛措施了，而她入院时就已经三指了。所以，虽然痛感不是很强烈，她还是对护士说："我现在就要用无痛。"

护士温柔地告诉她："现在要用无痛也是可以的。但是，上了无痛之后，就只能躺在床上了。"而第一胎一般开指的时间会比较久一些，长时间躺在床上会不会不舒服？她建议可以先静脉注射吗啡来止痛，因为任何时候都可以用无痛，除非你已经在最后开始用力了，那就太晚了。或者，再观望等待一下。当然，最终由产妇根据自己的感觉来决定。

赴美生子的盈盈临产前一个月与丈夫

盈盈产后一个半月,一家三口,楼上楼下

## 第一章 出生，十月怀胎的进程

数小时后，痛感有些加剧了，盈盈要求护士打吗啡。护士说，可能会觉得有些头晕，但那是正常的。果然，药水一推进来，盈盈立刻就感觉头晕，眼睛闭着闭着就迷迷糊糊地睡着了。

一段时间之后，盈盈又有痛感了。于是，护士根据盈盈的感觉，增大了吗啡的剂量，但痛感几乎没有得到缓解。护士内检已开四指半了，盈盈这时要求上无痛。护士说，现在上无痛正是"Perfect Timing"，意思是火候掌握得恰到好处。

因为上无痛，就只能躺在床上了，所以得先插上导尿管。负责无痛的麻醉医生来了，他让盈盈坐起来，人弓成 C 型。麻醉医生不停地问痛不痛？但是盈盈只是觉得打进来的瞬间有一点点酸而已。护士说，任何时候感觉到痛的话，都可以按一下枕边的按钮来加大剂量。

上了无痛之后，盈盈依然能非常明显地感觉到宫缩。此刻宫缩时，监护仪上的宫压数值已经达到了一百以上，但居然真的一点痛感都没有了，只觉得肚子一阵阵地发紧发硬。太神奇了！

一声啼哭之后，初来乍到人世的宝宝，就直接放在了母亲身上，清理宝宝口中的羊水以及擦拭身体等许多程序，都是在母体这个大操作平台上完成的。几乎是同一时间，医生给新生儿的脐带夹上夹子，让父亲剪断脐带。出生三十六秒之后，新生儿正式脱离母体，成为一个独立的个体。护士把这个独立的小个体翻过来，趴在母亲的身上。

护士第一时间给宝宝戴上小帽子，因为据说新生儿百分之七十的热量从头部散出。护士迅速处理完脐带，在宝宝的脚腕上绑上一个电子追踪仪，这个仪器必须有专门的机器才能打开。

在美国，基本上每家有妇产科的医院，都会安装婴儿安全自动防盗系统。这套安全防盗系统是这样运作的：

住院期间，每个婴儿的脚踝或手腕上（大部分是脚踝）都会佩戴一个电子标签，而且母亲也有一个与宝宝配对的电子标签，只要一方离开另一方距离稍远些，仪器就会立即自动报警，并且释放特有的射频信号到医院的一套接收信号读卡器上，读卡器一接收到信号，就会显示在中央处理器上。

中央处理器设在护士站，护士会对其进行监控，看婴儿是否在正常的监控区域内。一旦出现异常，报警装置就会自动报警，护士一听到报警声，就会立即启动应急系统，通往楼梯的安全门会全部自动关闭。而这时，如果没有电脑程序的专人权限操作，安全门是谁也打不开的。因此，在美国很难发生从医院偷走婴儿或是抱错婴儿的事情。

盈盈以及家人迫不及待地把喜讯分享给了国内的亲友们。当亲友们纷纷问起宝宝的体重时，大家这才发现，医生护士压根还没有给宝宝称体重呢。

美国医生认为，宝宝一出生必须立刻与妈妈的皮肤接触，还有尽早地吸吮，这都远比称体重来得重要得多。所以，直到小宝宝生下四十五分钟后，护士才将宝宝抱离母体，称体重，量身长，还有量头围。但是很快，护士给宝宝穿上纸尿裤后，又放回来紧贴妈妈的皮肤了。

"skin to skin"，是美国产科医生、儿科医生以及护士们反反复复挂在嘴边的一句话。他们非常强调，必须尽早让母婴"皮肤贴皮肤"，对于病弱婴儿，则更为重要。

护士紧接着就开始尝试让新生儿吸吮母乳，还教授盈盈如何配合。医生说，婴儿吸得到还是吸不到，都不是很重要，只要他趴在妈妈的身上在吸，就可以了。

每天早上9点，医院有新生儿护理课程，也是免费的，都是一家好几口一起来听的。护士拿着一个洋娃娃，一边示范一边讲解如何抱宝宝、如何给宝宝洗澡、如何给宝宝拍嗝等等新生儿护理的基本知识。这样的一个护理课她居然也搞得很温馨，同时有各种免费的自助小点心和饮料提供。而且，得知盈盈一家是从中国来的之后，护士讲解的语速就特别慢，吐字特别清晰，令人十分感动。

产后才二十八个小时，母婴就出院回家了！盈盈说，可能生产比较省力，所以没有特别感觉到产后的虚弱。

办理任何手续，都是有专人上门到病房内来办理，完全不需要家属在医院里跑来跑去，到处排长队办手续缴费。

盈盈说，如果最后产妇两手一摊说没有钱支付医疗费的话，医院也不会翻脸，他们会安排产妇申请贫困人员享受的白卡福利。美国1986年制定了"急诊治疗和临产就医法"，规定医疗单位必须接收需要急诊治疗的病人和临产孕妇，不得因病人的国籍、居留身份或支付能力而加以歧视。但是，如果急诊病人和临产孕妇有能力支付而实施欺诈，则法律后果非常严重。

临走的时候，护士提醒他们把能带走的都带走，包括没有用完的尿布、湿巾纸、妈妈用的卫生巾、一次性内裤、手动吸奶器等，还发了一大袋新的宝宝用品给带回家。

在楼层的前台，护士帮新生儿拆掉了脚上的电子追踪仪，再核对父亲母亲各自手环上的编号和宝宝的脚环编号，确认一致后，才能够离开。

坐电梯下到一楼，在电梯口，还有一道关口。保安人员会再一次检查编号及信息，再一次确认无误后才得以放行。

盈盈说，异乡孕妇拥向京广沪医院生产和异国孕妇拥向美国医院生产，都是特殊阶段的特殊社会现象，也是孕妇的私权，无关乎价值观的对错褒贬。因为比较特殊的国情，她非常理解目前国内医疗尚不尽如人意的状态。所以，在国内医院压力爆棚的特殊阶段，孕妇有能力到境外去生产，既是对自己好，也算是间接为中国医疗减负。

## 7. 严阵以待生育高峰产妇井喷

但是，大部分的中国内地孕妇，还是在境内分娩的。

甘肃媒体报道，今年全面"二孩政策"开始实施，又逢猴年，群众累积的生育需求有可能集中释放，高危、高龄的孕产妇会急于生育，随之而来的高危妊娠并发症发生的概率也会增大，孕产妇和新生儿的风险大大增加。面对这一生育形势，省卫计委正在加紧制定《关于切实做好高龄孕产妇管理服务和临床救治的实施意见》，从组织领导、健康教育、产妇排查、转诊救治、应急演练、部门协作、人才培养等方面提出明确要求。比如，要求相关医疗机构成立"母婴安全领导小组"，开展急救演练等。

江苏媒体报道，今年南京的新生儿预计将同比增三成，下半年将迎来又一波生育高峰。高危产妇也将出现"井喷"现象，在鼓楼医院的危重症产妇中心，今年1~3月份，收治的凶险性前置胎盘孕妇，比前年一年的总和还多。

北京媒体报道，针对孕产妇可能面临的产科资源紧缺、"建档难"问题，北京首次提出必要时将启动政府购买民营机构助产服务，增加资源供给。

……

笔者注意到，各地政府卫生管理部门也在不断挖掘潜力，缓解"建卡难"矛盾，面对生育高峰以及高危产妇"井喷"现象，卫生管理部门和医院已经严阵以待！

夫妇同在政府部门工作的苏女士，怀的是双胞胎，她告诉笔者，医院非常重视，一切都非常顺利。因为医院位于新区，又是新建的，所以环境非常好，设施也很新。她强调，自己没有托人找关系，也没有给医生、护士发过红包。

苏女士是剖腹产，因为家属不能进去，所以母亲和丈夫在产房外等候，也就一个小时多一点，两个可爱的小宝宝就被抱了出来。

杨女士的情况相对比较复杂，整个孕期她先后到四家著名医院去做B超检查，相当长一段时间，她都处于一种提心吊胆的焦虑状况。

孕前一次体检时，医生发现杨女士宫腔里小肌瘤太多。医生说如果手术处理，会千疮百孔，对怀孕有影响。所以杨女士就在L医院做了宫腔镜手术，只做刮宫，让子宫内膜恢复正常。

手术后大约一个月，杨女士就怀孕了。七周时她去L医院做腹部B超，

出生才几天的小宝宝随着房车安营扎寨

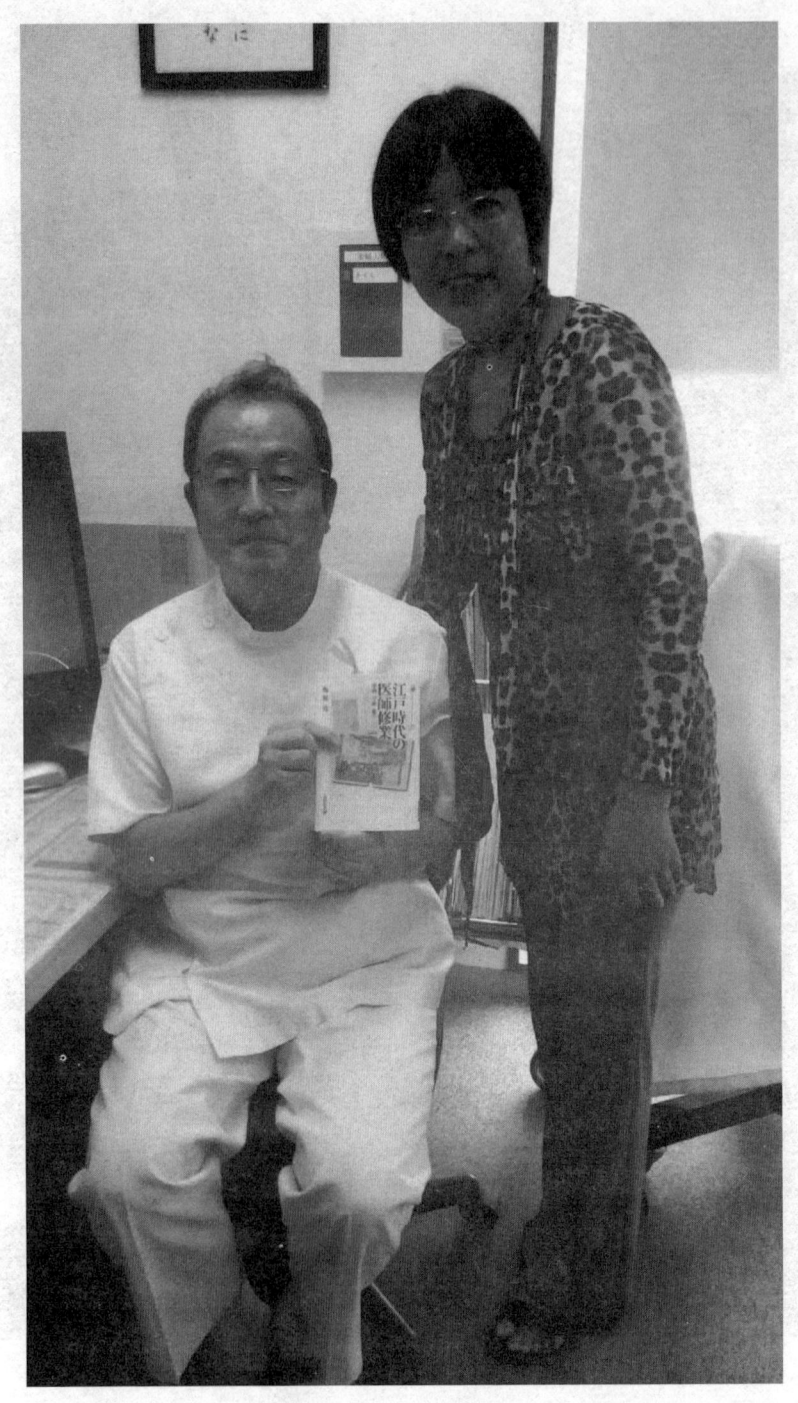

本书作者采访日本产科医生十村隆介

## 第一章 出生，十月怀胎的进程

没有原始心管搏动，只有胚芽。

杨女士在 L 医院的建议下，去了 H 专科医院检查，当时医院给她做了阴超，看到胎心和胚芽了。那时候，医生发现杨女士宫腔内有大约 3 厘米左右的肌瘤。医生说，5 厘米以下的肌瘤是可以忽略的。

后来杨女士又去 Y 医院，做早期唐氏综合征筛查，医生也确认她宫腔内的肌瘤仅 3 厘米左右。

但是，孕十六周时，杨女士到预约的 R 医院建"大卡"。做 B 超时，查出有个 6 厘米的肌瘤。医生说，胎儿与肌瘤同时都在长大，随着胎儿不断增大，肌瘤也会不断增大，挤压争抢胎儿的地盘和营养，就如同怀了双胞胎。

杨女士就此被贴上了"高危产妇"的标签，因为怀孕前就有肌瘤，所以她对这个事情也没有多加怀疑。但是，一个小小的肌瘤长得这么快，令杨女士全家都非常担心，她本人更是心理压力好重，对这个肌瘤的性质也想了很多很多，恐惧使她整个情绪都是阴郁的。

等到大排畸筛查时，杨女士辗转托了一个有经验的医生给看的。那医生很仔细，看了很久很久，最后说并没有什么大肌瘤，肯定是上次的医生看错了。杨女士全家就此松了口气。

但是，因为"大卡"上已经记载了这个大肌瘤，杨女士头上的"高危产妇"帽子还是不能脱。

临产时，另外一个医生说，肌瘤这种东西不太可能消失的，而且还这么大，应该是在某个地方，B 超看不见而已。

杨女士的家庭会议，开了一次又一次，斟酌来斟酌去，最终决定剖腹产，可以彻底看一下肌瘤的情况。但是，最后打开腹腔看了，没有大肌瘤，也没有必要做处理的小肌瘤。

产妇平安！婴儿平安！极大的喜讯一扫笼罩在杨女士全家心头的阴霾："没有肌瘤就好！没有肌瘤就好！"

善良的杨女士并没有去追究医院的责任，甚至在接受采访时，还一再关

27

## 人生四季
### ◎求医季◎

照要隐去医院的名字。

毛女士表示，她去的是一家私立医院，前身是区妇婴医院，人并不是很多。因为托了熟人打过招呼，医生态度比较好，也非常认真，关键是丈夫可以在一旁陪产，总的来说非常顺利。

毛女士的母亲告诉笔者，女儿出了产房后，悄悄对她埋怨过："生孩子这么痛，以前为啥不告诉我啊！"

张女士是在G专科医院剖腹产的，她挂的是普通门诊号，收费不高，全部加起来两万元不到。她说VIP号是可以丈夫陪产的，而普通门诊号则需要花一千五百元提前申请，据说名额非常紧俏。张女士感到自己蛮幸运的，申请到了丈夫陪伴。她产后住的是六人间。

当初跑了七八趟才办下《准生证》的小金女士，挂的是G专科医院的普通门诊号。因为是顺产，加起来只有八千元多一点，虽然花费不多，但住的是二人间。

小金女士没有申请亲属陪产，她说没想过让先生陪产，因为他这人胆子比较小，看不了血腥场面，怕他以后心里留下阴影。所以，小金女士就让他和母亲一起在外面守候。

G专科医院是上海仅有的几家开设无痛分娩的医院，当时医生问过小金女士是否需要申请无痛分娩，但是她没有选择无痛分娩。因为她觉得，打了无痛针就不会那么快生产了，她想疼嘛忍忍也就过去了。而且，申请无痛分娩，还得另外支付一笔八百元的钱，她想还不如省下这笔钱，给自己买双鞋子穿穿啊。

"你省下了无痛分娩的八百元钱，那么在阵痛袭来的时候，有没有过一丝后悔啊？"

"没有后悔。如果让我再选一次的话，我还是不会选择无痛分娩。我觉得生孩子那个痛，是我可以忍受的，再说宫缩时，痛是一阵一阵来的，不会是一直痛的，产妇只要调整好呼吸，其实是没有那么难过的。到最后宫缩频率高了，那也就是马上要生了，忍忍就过去了，就更无所谓了。"

一起生的好几个大肚子叫得震天响。小金女士说，护士都被烦死了，说你们别叫了，叫了对你们没什么好处的，孩子也会因此而缺氧。

小金女士告诉笔者，G专科医院是有母乳喂养门诊的，当然得另外收钱。她用的是群里妈妈们介绍的外面的开奶师，每个人的身体条件不一样，开奶需要的时间也不一样，有些人一个小时就足够了，有些人三个小时还搞不定。不管时间长短，开奶费用是按次收费的，五百元一次。如果开不出奶就不收钱，只收来回车钱。

小金女士是花了好几个小时才出奶水的。开奶师先是用热水敷，让乳房变软，再用橄榄油推。开始推出来的奶水据说是乳房管道里的垃圾，所以是不能吃的。输奶管开通了，奶水也就源源不断地出来了。

# 第二章　衰老，不可逆转的规律

2016年5月27日下午，中共中央总书记习近平专门就我国人口老龄化的形势和对策发表了讲话。他强调，我国是世界上人口老龄化程度比较高的国家之一，老年人口数量最多，老龄化速度最快，应对人口老龄化任务最重。满足数量庞大的老年群众多方面需求、妥善解决人口老龄化带来的社会问题，事关国家发展全局，事关百姓福祉，需要我们下大气力来应对。

## 1. 衰老总是悄悄而至不迎自来

2016年春夏之交，精彩赛事连连，欧冠赛刚刚鸣金收兵，欧洲杯又鸣锣开赛了。大多数好看的球赛都是在中国时间的半夜开始，刘先生又开启了熬夜看球享受人生的模式。

刘先生熬夜看球，是从1982年西班牙足球世界杯开始的，那年他刚刚满二十岁。当时，中国足协回归世界足协伊始，意气风发地组建了强大阵容，去冲击世界杯外围赛。几十年过去了，直到今天回头看，那应该是中国足球历史上最令人骄傲的阵容。

那一届世界杯的荧屏前，空前绝后地聚集着许多心情五味杂陈的中国面孔。那些男女老少，连什么是越位、什么是点球、什么是任意球、什么是角球都不知道的，甚至几个人上场踢球、要踢多长时间、什么时候中场休息、

## 第二章 衰老，不可逆转的规律

要休息多久，都不是很清楚。但是，这丝毫不影响他们瞬间成为中国足球队的球迷，并且为中国足球队被他国暗算失利而洒下伤心的泪水。刘先生就是从中沉淀下来的铁杆球迷。

西班牙世界杯的决赛，是在意大利和联邦德国之间进行，也是中央电视台当时首开先河的唯一一场直播的世界杯赛事。刘先生家那台"庞大"的十四英寸电子管电视机，吸引了小兄弟们消夜加啤酒，见证了意大利第三度获得世界杯冠军。

从那会儿开始，刘先生当初养成的习惯——消夜加啤酒围观他国的精彩比赛，三十四年来未有改变。世界杯、欧洲杯、美洲杯、英超、意甲、西甲、法甲、欧冠，还有 NBA……

普拉蒂尼、济科、鲁梅尼格，那些当年最辉煌耀眼的球星都渐渐老了。连 1982 年西班牙世界杯初出茅庐的马拉多纳，也日益显出了臃肿老态。但是，伴随着偶像变老的刘先生，却没有意识到自己也在一起变老。偶尔节假日有空闲，还经常邀着小伙伴们去球场踢个七人制足球赛，感觉自己离衰老还很远很远。

直到这次欧洲杯的熬夜观赛，刘先生这才真正体会到什么叫作力不从心了。第一个晚上撑下来，他白天在单位里上班时，就明显感觉疲惫不堪，好像一日不睡十日不醒似的，晚上在电视机前也打不起精神来。

甚至，在刘先生最钟爱的上届欧洲杯亚军意大利队与比利时队鏖战时，他居然，睡！着！了！还错过了意大利锋线大将佩莱在最后时刻的爆射得分！作为资深球迷，这次真的是糗大了，刘先生都不好意思对人提起。

不管你意识到还是没有意识到，衰老总是不迎自来，悄悄而至，不以人的主观意志为转移。其实，衰老来临时，身体的各种零部件总是会及时发出预警信息的，而最早接收到预警信息的应该还是自己。

## 2. 再也不敢把自己当作年轻人

四十三岁的陶先生是一位农民工，从小身体棒得就仿佛铁打似的。人又豪爽得很，无论是过去在田里干农活，还是后来到建筑工地上做小工，他总是重活累活都抢着干，左邻右舍有啥要出力气的事情，他也是挽起袖管就主动帮着干，感觉自己反正力气又用不完，累了睡一觉，第二天醒来力气就已经又生出来了。

陶先生在网上看到很多媒体报道，联合国世界卫生组织对年龄的划分有了最新的标准：44岁以下为青年人，45岁至59岁为中年人，60岁至74岁为年轻老年人，75岁至89岁为老年人，90岁以上为长寿老人。

所以说，陶先生认为自己连四十四岁还没有到，按照联合国世卫组织的年龄新划分标准，他标标准准就是个青年人，那还应该正是在打拼的年龄呢。

可是，笔者注意到，联合国官方微博在2016年五四青年节之际，发表微博称：［严正声明］联合国对于"青年"的定义是年龄介于十五岁与二十四岁之间的群体。

其实，不管联合国的年龄划分标准是真还是假，不同的个体肯定具有差异性，一切都必须依据自己身体的感觉来把握判断，不能硬逞强。

陶先生的身体一直是好好的，可有次在下公共汽车的时候，瞬间就莫名其妙地感觉到颈部被狠狠地抽紧了，疼痛一阵又一阵地袭来。起初，他还以为是无意中扭伤了筋，或者是受了凉，所以赶紧去到便宜的澡堂里，又是桑拿，又是按摩，好像自我感觉上也稍稍松弛缓解了一点，心里也就没有引起太大的重视。

可是，突然有一天，陶先生半夜里一觉醒过来，感觉自己不仅颈部被抽紧了，连肩部、背部这些地方也都被抽紧了。他试图翻身起床，结果发现颈、肩、背这三个部位似乎被互相牵制着，居然动弹不了。

难道是自己瘫痪了？陶先生这下被吓得不轻。他赶紧叫醒了睡在一旁的妻子，让她在边上帮忙推，两人嘴里还喊着"一二三、一二三"的节拍，才能一点一点地挪动，还必须协调默契，慢慢地慢慢地才能翻过去，如稍稍用力有些不妥当，就牵一发而动全身，身体一刺一刺地痛。

除了儿时尚没有记忆那会儿，陶先生就从来没有吃过药打过针，更没有去过医院看过医生住过院。几十年来，医院和医生都与陶先生十分遥远，他从来也没有认为打针吃药会与自己有关。有记忆以来，这是他第一次踏进医院，第一次面对医生。

又是 X 光，又是 CT，检查还弄得挺隆重的，感觉自己就像个重症病人似的。医生诊断下来，其实这就是中老年人常见的颈椎病。没办法，年龄到点了，颈椎老化变形了呗。

万幸的是医生没说让开刀，而是采取了保守疗法。好一段时间的牵引、照光、电疗以及吃药等等综合治疗，陶先生的颈椎病终于得以缓解。但是，有了这次教训，他从此再也不敢把自己当作年轻人来打拼了，事事都得悠着点。他可是撑起这家的顶梁柱啊，万一真的瘫痪躺倒了，那么老婆孩子可怎么办哪？

## 3. 不注意保养维护身体是自虐

郑女士平日里是个手机控，往往才下微信，又上微博。也没有注意是从什么时候开始的，从小一直视力赛过飞行员的她，居然看手机上的小字越来越模糊了。

迫不得已，郑女士去医院挂了眼科的号。检查结果令她大跌眼镜，医生居然说她是老花眼了。这是庸医糊弄人吧？她周边的人起码都是在五十岁上下才老花眼啊，可自己才四十岁出头啊！哪能这么早就老花眼了呢？

于是，她托熟人换家医院再看，这家医院的医生也说她是老花眼了。医生耐心地告诉郑女士："人的眼睛与照相机镜头对焦原理类似，之所以能看清远近不同距离的物体，是因为眼睛自身的对焦功能看远时自动调节放松，看近时自动调节收紧。但是，随着岁数的增长，眼睛晶状体会渐渐硬化，弹性也会减弱，睫状肌收缩能力明显降低，以至于看近的东西对焦变得费力，这是人体机能自然老化的正常现象。"

对于郑女士的纳闷，医生解释说："以前人们通常是在四十五岁到五十岁之间才开始老花眼。但是，如今老花眼已经呈现出低龄化趋势。那是因为随着生活方式与工作方式的不断改变，许多用眼过度人群已经提早进入了老花眼的世界。长期盯着手机屏幕或者电脑屏幕看，眼睛过度疲劳得不到有效恢复，就像橡皮筋一样，一直绷紧着没有放松的时候，就特别容易老化。"

就像郑女士的眼睛一样，人的全身各种器官都是在不知不觉中老化的。

施先生长着一口整齐的牙齿，特别坚固，啃起甘蔗来就如同大熊猫吃竹子那样轻松，咬起小核桃、大核桃来就好似嚼花生米那样简单。他还喜欢吃夜宵，有时候偷懒了，拿起啤酒瓶，张嘴就把自己的牙齿当作开瓶器，还往往吃了夜宵倒头就呼呼大睡，连刷牙也顾不上。

可是，这样的好光景，在施先生四十岁上下的时候，没能再持续下去。先是吃东西特别爱卡牙，时不时地还牙龈发炎肿痛出血。到后来一吃甜腻的东西牙齿就酸痛，当然啤酒瓶盖是再开不了啦，各种坚果也是碰不了啦。

施先生不得不去医院看牙科，医生检查了他的牙齿后说："都是没有养成刷牙的好习惯惹的祸，不洁食物残渣会形成牙垢，然后变成坚硬的牙石，牙石本身容易吸附更多的细菌毒素，对软组织造成刺激，使牙龈充血、水肿，引起刷牙时出血。牙龈炎症向深层组织发展，就会引起牙龈自发性出血和口腔异味。伴随着牙槽骨的破坏，牙齿会松动，咀嚼无力，甚至移位、脱落。"

医生说，施先生牙齿的珐琅质磨损得也非常厉害。俗话说，人老先从牙齿开始老。人的一副牙齿，用了几十年下来，总会有磨损。人老了，这是自然的牙齿老化。但是，如果始终注意保护牙齿，磨损可能会缓慢一些，而平时不爱惜牙齿，磨损就会加快，牙齿的老化也就会加快。

人的身体就像一辆汽车，平时注意保养维护，善待它，则使用寿命就会长久些，而粗暴对待，野蛮驾驶，则会折减它的使用寿命。正常的人们一般不会自虐，但是不注意保养维护身体的器官设备，其实就是虐待自己。

## 4. 身体不堪承受滥用饮食额度

郑女士是虐待自己的眼睛，而施先生则是虐待自己的牙齿，也有人是不加节制地暴饮暴食虐待自己的肠胃。

笔者在 R 医院见到住院的彭先生时，恰好护工送来了他的营养餐，就一份水煮娃娃菜加白米饭。不要以为这是用川湘菜系水煮鱼、水煮牛蛙之类的重口味方法烹调的，这是既没有用油、盐、酱、醋、料酒、鸡精，也没有用葱、姜、蒜，更没有用花椒、辣椒、胡椒，纯粹用白水煮娃娃菜而已。

彭先生的妻子心疼地说："我先生他一日三顿营养菜都是这个基调。"

笔者纳闷，这是哪门子的营养菜啊？

彭先生苦笑着解释："医生说，我的这张嘴巴啊，在上半辈子的时候，就把下半辈子的饮食额度全部都吃完了，所以现在只能收敛,吃点清水煮菜了。"

笔者注意到彭先生的床头卡上注明了"五十岁、痛风、高血压、糖尿病"。

海鲜和火锅是彭先生从小的最爱。他父亲老彭是驻某海滨城市的海军军官，身居要职，工作任务比较重，平时根本无暇顾及老婆孩子。唯一可以弥补孩子的，就是家里海鲜不断，这使得非常喜欢吃海鲜的彭先生很有口福。

改革开放后，酷爱火锅这一口的彭先生，干脆自己开了一家火锅店。从此以后，只要想这一口了，就在自己店里过把瘾，尤其是海鲜火锅。这样有滋有味的美好日子，一晃就过了十几年。

等到痛风、高血压、糖尿病相约一起袭来的时候，彭先生后悔也已经来不及了。老天是公平的，你上半辈子吃香的喝辣的，那你下半辈子就只能咽

# 人生四季
## ◎求医季◎

水煮娃娃菜加白饭了。

人们一直说"病从口入",通常指的是病毒常常因不注意饮食而入侵,更多的是不能吃不洁食物的概念。其实,彭先生的三大疾病碰头,又何尝不是"病从口入"呢?

三十七岁的毛先生,身高只有一米六八,可体重却有一百一十公斤。如果他梳一个类似发髻一样的唐轮头,再裹一条兜裆裤,谁都会把他当成日本相扑运动员的。

可没人知道的是,毛先生每天都离不开注射胰岛素针剂,因为他得了严重的糖尿病。

1979年1月1日,中国和美国这两个超级大国正式建交。这是深刻影响世界格局的重大政治事件。但是,毛先生说,中美建交也深刻影响了同一天出生的他。

初到人间的小婴儿,自然感受不到外面世界的风云突变。但是,毛先生出生后的几个小时,世界饮料业排名第一的美国可口可乐公司对外宣布,正式进军中国市场。毛先生还尚未满月,第一批可口可乐产品就已经远道而来,正式进入了中国人的商店。

一开始,喝惯了红茶、绿茶的中国人,并不习惯这种充满气泡的咖啡颜色的带有一点咳嗽药水味道的甜腻水。但是,不知道为什么,那一代与可口可乐在中国共同成长的孩子们却很喜欢这种口味。可口可乐开始渐渐融入了中国人的生活,也融入了毛先生的生命。

毛先生说,在他幼小的心灵里,喝可口可乐就等同于喝水,而没有味道的白水,则是根本难以滑进喉咙的。

毛先生清晰地记得,在他迈入小学的这一年,洋快餐肯德基进入中国人的生活。从此,他每一年的生日和儿童节都是在肯德基度过的。洋快餐肯德基,是毛先生之后几十年的用餐首选。

医生告诉毛先生,喝可乐和吃肯德基,不会导致他必然得糖尿病。但是,不良的饮食结构比例，最终让他"病从口入"。

## 5. 年龄不饶人你不服也得服啊

祁老先生是一位退休老干部，都已经八十出头了，还总是不服老，还不肯听劝。不是蹬着自行车满街跑，就是在家里拉场子打麻将，总之就是不肯闲下来。

每次，祁老先生推着自行车出门，都令孝顺的子女们提心吊胆，生怕他反应慢了被人撞上，也怕他撞上别人，还怕他不撞别人也不被别人撞，而是自己骑着骑着就摔倒了。毕竟，这是一把老骨头了，可真的摔不起了啊。

有一天，祁老先生走出公园，发现停在门口的自行车不翼而飞。家里小辈第一次为财产失窃而开心，于是大家趁机说服祁老先生以后不要再骑自行车了。

小辈们万万没有想到，宅在家里的祁老先生不甘寂寞，从此居家开起了麻将馆。每天早上起来就一个一个电话打出去，开始邀约麻将搭子，午饭后一场，晚饭后一场，简直打得时光要停滞了。

因为祁老先生年纪大了，在麻将桌的反应不及以前灵敏了，有些麻将老搭子还不愿意来。祁老先生好不容易把人家连哄带求地弄来了，他也很知趣，在麻将桌上尽量憋着尿，总是等到实在熬不住了，才匆匆去厕所解决。

久而久之，祁老先生的泌尿系统终于被憋坏了。他发现，自己有尿也尿不出来了，而且疼痛难忍。这下他倒急了，赶紧让家里小辈陪着去医院看看。医生一查，报告结论竟然是前列腺癌，但是小辈们告诉他只是前列腺炎。

鉴于祁老先生年事已高，医生征得家属同意后，决定采取保守疗法。就是不对前列腺癌大动干戈了，只是住院将一对睾丸摘取，以抑制雄激素，再给他插上导尿管，出院之后定期回到医院处理导尿管。

这祁老先生倒好，居然轻伤不下火线，带着个导尿袋还是该逛公园就逛公园，该打麻将继续打麻将。这下可省事了，尿液直接流向了导尿袋，没有了尿意，就连憋尿都不需要了。

医生对家属说，这样可不行，导尿袋也不能长期使用，还得练习控制自主撒尿，就是将导尿管先夹起来，等感觉到了尿意才放开夹子，这样就有可能渐渐地恢复自主撒尿的功能。

渐渐地，祁老先生自己对一天两场的麻将感到心有余而力不足了，才不得不减少了场次。从一天两场减为一天一场，后来又减为两三天一场。

七十二岁的丁老太太，是位退休大学教授，也是个不肯服老的典型。明明感到自己腿脚已经越来越无力了，可是嘴上却总是不肯承认。

几次小摔之后，孝顺的子女便为丁老太太配置了轮椅，可她总是抗拒坐这东西，对小保姆说："我还没有老得不成样子吧？"小保姆也不敢拗着老人，你不肯坐轮椅就不坐吧，结果弄得一摔再摔，往往是前脚才出医院，后脚又被送进了医院。

有一次，丁老太太摔得不凑巧，把骨盆弄骨折了。这回，她就是有心坐轮椅也不行了，只能直挺挺地躺在床上。这一躺下来，至今已经有三年多了。

所以说，年龄不饶人，都到了这个阶段了，不服也得服啊！

## 6. 以房养老治病无法逾越的坎

马女士是个苦命人，虽然身体一直不好，但是还在国营企业上班时，她就从来没有请过一天假，因为不舍得被扣钱。

后来国企倒闭，全员都下了岗。马女士又找了份在大型商场做保洁的工作。随着年龄的增长，肩颈部时常疼痛，心脏也必须要长期服药才能控制住让它不要跳得太快，但是她总是咬紧牙关扛着，除了勤勤恳恳做好自己那份工之外，还常常抢着顶班、加班，从来不肯歇一会儿。

因为她上无老人可啃一啃，下无小辈可靠一靠，中间也没有配偶可以扶一扶。马女士对自己今后的养老人生，总是非常恐慌。

在马女士四十六岁那年，她突然爆发了颈椎病，因为双手时常发麻失去知觉，才被迫离开了她非常珍惜的再就业岗位。也就是说，这份商场保洁工，她一直做到了做不动的那一刻。

其实，说是颈椎病突然爆发，当然冰冻三尺也是非一日之寒。马女士网上网下地四处打听下来，医生给出的治疗方案都是开刀手术。

一听说昂贵的手术费，靠失业救济金艰难度日的马女士顿时没了辙。绝望中的她，还是受到电视里鼓励以房养老新闻的启发，决定将自己的住房以大换小，以面积换差价，筹措手术治疗费。

2010年3月，马女士卖掉了二十七平方米居住面积的住房，打算再购进十几平方米的住房。岂料，她的房子在市场上刚一脱手，那房价就此一路猛涨。每次听新闻说要控制房价，她都充满期待，然而现实总是令人失望。她非但没有筹措到差价做手术费，居然连小房子也买不起了，六年来只得一直靠租房度日。

"那你为什么不去购买政府专门提供给贫困人群的经济适用房呢？"笔者问。

"我买不起商品房，但又不愿意在存款上弄虚作假申请购买经济适用房，因为政府对申请经适房的经济状况标准是有明确规定的，一家三口存款不超过四十五万，单身存款不超过十八万，我有卖房款在银行存着。但是，我不明白，有关部门为什么就不为真正的穷人着想，多建造一些名副其实的小户型住房呢？比如，十五平方米以下，甚至七八平方米以下居住面积的也行。"

"有没有考虑过购买偏远郊区的住房呢？"

"我也曾考虑购买偏远郊区的住房，也看了很多现房、期房，一个共同的问题就是距离医院太远。而我的病情又不允许我远离医院，因为颈椎病连锁引发了一大堆毛病，我现在跑医院就像跑娘家一样勤，时不时地就得去报到。我甚至还考虑到外省的三线城市养老就医，但是那张医保卡到了外地又不能通用。现在的形势，我们在自己从小长大的这个城市活得这么辛苦，其实我们一点也不留恋大城市生活。假如医保卡可以全国通用，那么大城市里肯定会有许多老年人愿意为年轻人腾地方的。"

"其实，租房也是一种不错的选择啊，以房养老，以房就医。"

"是啊，我也非常认同以房养老、以房就医的理念啊！可是，一纸户口成了我们一道跨不过去的坎。我当时为了卖房，央求姐姐给临时报一报户口，还承诺每个月给些好处费。因为我想，房子卖出买进也顶多几个月而已。不料却一拖六年多，由此也引发了姐姐家庭内部的巨大矛盾。"

聊到这里，笔者发现马女士的情绪非常忧郁。

"我不愿做缺乏诚信之人，生活再艰难，都没有动用过一分钱的售房款，也一直在四处看房子，努力寻求迁走户口的办法。活人是不能注销户口的，但是活人要被户口逼死了！户口不是我活着的必须，而是政府管理的需要。但是，政府的管理是为了让人活得更好，而不是为了把活人往死里逼。我甚至想把我的户口迁到阴间去！浑身是病的我横竖都是要去那里的！没有户口的压力，孤苦伶仃的我也许还可以再喘一些时日。"

笔者除了苍白的安慰，还是苍白的安慰。也许，假以时日，政府一定会出台配合"以房养老、以房就医"的好政策。

完稿的时候，听说马女士看了很多小户型的老年公寓、酒店式公寓，都是十几平方米一间的，价钱在二十万到六十万之间，也是她能够承受的范围，但是梗在中间的还是户口！因为这些房子都是只能居住，不能迁户口的。

## 7. 养儿防老保险系数大也白搭

马女士是没有子女的苦，可是耄耋之年的程老夫妇，却是有子女的苦。

程老夫妇生有五个孩子，从养儿防老的角度来看，可谓是保险系数做足了。但是如今，他们非但没有享受到儿孙之福，反而受尽了儿孙之苦。

## 第二章 衰老，不可逆转的规律

程家老伯说，当年，他们夫妻俩以加起来不足百元的收入，把五个孩子辛辛苦苦拉扯大，实在是很不容易。

"孩子们从头到脚的衣裤鞋帽，手工活样样都是我家老太婆动手做的，家里需要出力气的重活，泥水木匠水电煤的活都是我自己干。"

"连泥水木匠都自己干啊？"

"其实，在当年，这真的都不算什么，许多家庭都这么弄。以前老房子就一间房，巴掌大的地方，孩子大了都睡不下了。老太婆托在江西插队落户的同学，帮忙弄了点木料回来，再买点废槽钢、角铁，自己动手搭个阁楼给三个男孩子睡。家里唯一的床给两个女孩睡了，我们夫妻俩就每天等孩子们都做完作业，再收了桌子，才打地铺睡觉。"程家老伯说。

"家里那个有铰链可以收放的桌子，也是我老头子自己做的。"程家老太在一旁补充。

"以前，工厂里给工人发棉纱手套做劳保用品，可是我们哪里舍得用啊，全部都拆了变成棉纱，再给孩子们织棉纱裤、棉纱衫。实在没有办法呀，家里头经济紧张，但也不能让孩子冻着饿着啊。"程家老伯说。

"每年秋季一开学，家里五个孩子的书本费、代办费是最让我发愁的，总是要提前好几个月就得开始筹划了，我们家从来都没有拖延过一天缴费！还有就是五个孩子的春游费用，也得事先预留好了，再怎么困难，也不能让孩子们在学校里丢面子，是吧？"程老太说。

到20世纪80年代初，程老夫妇双双都退休了，五个孩子也全部都"出道"了。但是，他们并没有喘上一口气，第三代接着就来到了人世，刚弄大一个，就又来了一个，就像一场接力赛。双休日，还得弄一大桌子菜出来，迎接儿子媳妇、女儿女婿以及第三代组成的"还乡团"回来团聚。

那时候，虽然时时都有老骨头就要散架的感觉，但是他们也算痛并快乐着，便硬撑了下来。终于，最小的孙子高中毕业，考上了大学，那就再也不用每天准时给孩子做午餐了。

也许是突然松弛下来的缘故,有一天,程家老伯小中风被送进了医院,儿孙们只是如客人般来探访一下,程家老太则没日没夜地照顾着。

万幸的是,程家老伯很快就康复出院了。但是,腿脚没有以前方便了。孩子们也算是自觉为老父母减负了,双休日不再组成还乡团来吃饭了。

没过几个月,程家老太也小中风了,儿孙们依然只是如客人般来探访,腿脚不利索的程老先生则艰难担负起日夜照顾老伴的重任。

其实,程老夫妇中风前都有过各种症状,但是他们没有时间去体检,也没有时间去治疗,小车不倒只管推。

出医院回到家里,程老夫妇只能靠彼此互相照顾,两位病人互相搀扶着去超市菜场,给自己买点最简单的食物,解决一日三顿的问题。

但是,在老人的病榻前,兄弟姐妹各自心怀鬼胎打起了小算盘。大儿子提出,让他们三十岁的儿子在爷爷奶奶这间市中心的租赁房里结婚,爷爷奶奶则住到孙子在郊区买的房子里去。二儿子嘛,急着要把一家三口的户口迁进老人的租赁房来。小儿子则坚决反对大哥、二哥的做法,他认为自己儿子从小户口就报在爷爷奶奶这里,将来这房子就应该是他儿子的。两个女儿也不省心,总是想方设法逼着老人写遗嘱。

程老夫妇每每说起这些家事来,都不由得老泪纵横。

## 8. 颐养天年的生活被拆迁打破

六十岁的何女士年轻时是朵美丽的校花,已故丈夫包先生是她同班同学。包先生沾了爷爷"文革"后落实政策的光,在当时那个年代,腰包算是颇为坚挺。

结婚时,新郎包先生面对林妹妹般体质的新娘,极有底气地承诺:从此,陪你到老,包你衣食无忧、生病无愁。

包先生对体弱多病的何女士宠爱有加,甚至在20世纪80年代就选择了

## 第二章 衰老,不可逆转的规律

丁克,不是不孕不育,而是怕怀孕生产会让何女士的身体难以承受。

包先生万万没有想到,自己竟然会食言,没有能够陪伴心爱的妻子到老。他得的是白血病,没多久就将家里的老底儿给掏了个空。医生建议说骨髓移植,几十年来,夫妻俩第一次互不相让,妻子要卖掉房子不惜一切代价救丈夫,而丈夫则不愿意一辈子没有收入的妻子未来面对人财两空的窘境。

最终,包先生坚决保住了这套两室两厅两卫的住房,那是他们夫妇用去大半积蓄购买的。他深信,即使自己不在人世了,就凭这套房子,依然还是可以包妻子下半辈子衣食无忧、生病无愁。当年自己娶她时那句话,算没有食言。

按照丈夫生前的建议,何女士租出去一室一厅给一对小夫妻居住,也算是以房养老、以房就医。国家对无业老人有每月七百多元的补贴,再加上看病还可以报销百分之五十,还真的能做到衣食无忧、生病无愁。

然而,包先生千算万算,却没有算到,天有不测风云,何女士弄堂东隔壁商业动迁,因为开发商的牛气,居然他们这一幢楼也被顺带划进了拆迁范围。动迁组与何女士签的动迁合约是三年后回搬,发的那些拆迁过渡费只能租个一室户住住。没有以前出租房屋的收益多,何女士明显感觉,养老和看病都抽紧了。

何女士最担心的是,这样过渡的日子是不是三年就真的能熬到头?相距她这块区域不足数百米的西隔壁,动迁已经六年多了,但至今还没有打桩开工建房的迹象。

与何女士一起跳广场舞的小姐妹柳女士说,她婆婆就是在西边地块熬了五年的简陋过渡生活之后,以八十五岁高龄离开了人世,临终前还一直唠叨什么时候住上自己的家。五年里,柳女士辗转搬了四次家。

柳女士告诉笔者,单他们这个地块,就有六位老人已经仙逝。在应该安享晚年的日子,老人们却被迫颠沛流离。

当然,也有小辈并没有因此而忧伤,他们反而为此松了一口气,既解决了负担，又得到了老人的动迁房份额。

## 9. 光鲜背后那难以言说的孤寂

在微信上，笔者看到过这样一个段子：

一位年轻的母亲，开着名车，送儿子到贵族寄宿学校去读书。

母亲对儿子说：妈妈为了把你送到这么好的学校来学习，得拼命挣钱才行，所以没时间陪你。

儿子对妈妈说：等我长大了，也要赚很多很多的钱，送你去最好的养老院。

母亲听后，一脚刹车，停在路边，不由得放声痛哭。

在生活中，笔者见到了微信段子被真实生活所应验，只不过主角是个父亲，也没有名贵跑车。他挣的那点辛苦钱，全部用在了儿子身上。

六十五岁的高先生，心脏出了问题，胸腔里早已经筑起了一排"钢铁长城"。但是，他最大的心病却不是心脏问题，而是远在大洋彼岸的唯一儿子。

高先生是中国改革开放后最早做生意的那批人，在各地政策差异的夹缝中南征北战。说是做生意，其实就是把福建石狮集市上采购到的港台服装贩运到北方，赚取一点点可怜的差价。在那个年代，这叫投机倒把，是个刑事罪名。因为这个罪名，高先生被法院判刑关了三年。

高先生在牢里面的时候，妻子积劳成疾得了白血病。他刑满释放后，妻子已经不在人世了。他给妻子安排了最好的墓地，又将儿子安排到刚刚兴起的寄宿制贵族幼儿园。

"为了让你上最好的学校，穿最好的衣服，吃最好的东西，玩最好的玩具，爸爸必须去挣钱，所以没时间来陪你！"在火车站，父亲对儿子说。

"我不要上最好的学校，不要穿最好的衣服，不要吃最好的东西，不要玩最好的玩具，不要爸爸去挣钱，我只要爸爸陪我！"没有母亲的儿子紧紧抱住父亲，不肯松手。

"乖，儿子，你大了就会懂爸爸的。"父亲挣脱了那双小细胳膊，留下儿子在孤独中泪流满面。

高先生觉得自己这辈子活得没有什么尊严，所以一定要给儿子挣得尊严。父亲的爱是深沉的，为了儿子不受后母的气，他宁愿鳏居多年，一直没有再娶。

高先生的儿子一路从贵族寄宿幼儿园到贵族寄宿小学，再到贵族寄宿中学。每逢放假，高先生又花大代价将儿子送往欧美发达国家的夏令营。最后，高先生破釜沉舟，将唯一的房子卖了，送儿子到美国留学。

儿子没有辜负父亲的期望，硕士和博士的头衔都戴到了头上，又进到了世界著名的公司发展。如今，儿子拼命挣钱，让父亲住进了中国最好的医养结合的贵族养老院，而高先生却感到寂寞无比，梦想着儿子天天在身边。

对这种贵族寄宿学校与贵族养老院的轮回，高先生的内心深处是后悔的。他说，早知道是这样的孤独难熬，还不如当初让儿子在国内读普通的学校，哪怕就是做个工薪阶层，也可以天天见面。

秦老夫妇这一辈子都活得比较滋润，他们青壮年时是举国"三十六元万岁"的年代，也就是城市普遍收入是在三十六元左右，年轻学徒工在十八元左右，"文革"前毕业的大学生则在五十元左右。而大学毕业的秦老夫妇，两口子的收入加起来就有四百多元，绝对属于当时的高收入阶层。

国家恢复高考那一年，秦家那一男一女两个孩子双双都考上了大学，一个高中应届毕业生，另一个是高中往届毕业生。两个孩子一直按照秦老夫妇设计的路线前行，没有偏离一步：出国留学，绿卡定居，加入外籍。

儿女孝顺，一年总要轮番回来探望老父母，也把他们老夫妇接出去小住了多次。家里吃的用的，许多新鲜玩意，不是从美国带回来的，就是从英国寄来的。

家里这二十四小时的住家保姆，也是儿女坚持要请的。秦老夫妇手里一

# 人生四季
## ◎ 求医季 ◎

大堆保健会所的 VIP 充值卡，也是儿女帮着办的。他们有个头疼脑热，直接就挂特需门诊。看个牙齿，就到高级牙科诊所。对秦老夫妇而言，不存在看病难问题，也不存在看病贵问题。

以前，秦老先生还时常开着家里的奔驰车，载着老伴四处兜风。他隔三岔五地碰擦到别人的车子，麻烦不断，后来，就不敢再开车了，儿女又帮他们雇了专职驾驶员。

这几十年来，秦老夫妇生活优裕，一直受到亲朋好友街坊四邻的羡慕点赞，心里头要说有多美就有多美。

秦老夫妇家里有两台大屏幕，不间断传播着儿子和女儿分别在纽约和伦敦家里客厅的画面。

中国与纽约的时差有十五个小时，与伦敦的时差有七小时。

每天上午，大屏幕上纽约的儿子媳妇和孙子向老人道晚安，秦老夫妇目送着他们回房睡觉，屏幕上的客厅顿时显得一片空荡荡的。

午饭后，秦老夫妇又盼望着伦敦的女儿女婿和外孙起床，盼望着他们出现在客厅里，看着他们忙碌，看着他们去上班、上学。

晚饭时，秦老夫妇又眼巴巴地等着万里之外的纽约天亮，等候着纽约的儿子媳妇和孙子出现在客厅里，然后说拜拜，出门去上班、上学。

撑到半夜，伦敦的女儿女婿和外孙回到家里时，秦老夫妇睡眼惺忪。临睡前，老两口又掐着指头计算还有几个小时，纽约的儿子媳妇和孙子要下班、放学回家了。

日复一日，年复一年，秦老夫妇枯坐在两个大屏幕前，守望着里面出现人影。有时候他们已经分不清纽约那里是白天还是黑夜，伦敦那里是黑夜还是白天。

后来，秦老夫妇已经搞不清楚是纽约，还是伦敦，但是，他们认得出大屏幕里的儿子媳妇和孙子，还有女儿女婿和外孙。

再后来，大屏幕里没有人影的时候，秦老夫妇默默地掉眼泪。可是，当大屏幕里出现人影的时候，他们已经分不清是儿子媳妇和孙子，还是女儿女婿和外孙，他们甚至已经分不清中国是白天，还是黑夜。

## 10. "四二一"家庭养老的不堪重负

袁先生夫妇，在国家还没有推出独生子女政策的多子女时代，就已经自觉地只生一个好。而且，袁先生自身也是独生子女，属于两代单传。

那年头，多子女家庭的穿衣都是老大新，老二旧，改改补补老三穿。而老大的新衣服也不是好穿的，他们得为双职工父母担当起看管照顾弟弟妹妹的责任。

因为上没有兄姐，下没有弟妹，袁先生夫妇的儿子小袁穿的都是新衣服，但是又不需要看管弟弟妹妹。家里有啥好吃的好玩的，都是他一个人独霸。

比起80后那代人，小袁提前了二十多年就成了小太阳，集祖父祖母、外祖父外祖母四人宠爱与父母两人呵护于一身，享受80年代之后普遍流行的"四二一"阵形。

好在，20世纪60年代的社会风气，与80年代有着天壤之别，小袁并没有因为小太阳，而演变成小霸王。学习成绩优秀的他，考上了市重点高中。几年后，成为名牌大学的天之骄子，又顺理成章地获得了硕士学位。

当年的硕士学位可是炙手可热的，分配工作时，小袁是被一家实力雄厚的国有银行抢去的，这是一个镶嵌钻石的金饭碗，而那时的机关干部还远不如银行吃香。

正当小袁准备大展宏图的时候，他家顶层四位老人的身体开始此起彼伏地报警！处于中层的父母频频救急，顿时成了救火队员。结果，顶层这四位老人的火势还算不温不急，中层这两位老人却病倒了。先是袁先生突然半身不遂，再后来是袁太太被查出心脏出了问题。

原先的"四二一"阵形，瞬间转换成了"一对六"阵形。分身乏术的小

## 人生四季
### ◎ 求医季 ◎

袁一筹莫展,那时的养老院还远不如现在这么普遍,而且基本只接孤寡老人。倘若有子女的老人进入了养老院,则小辈不孝的帽子就铁定戴上了。

小袁征得祖父祖母同意,代理他们把住房卖掉了,又把自己一家三口的住房也卖掉了。在与某三甲医院一墙之隔的居民区,小袁买进了底楼两套相邻的房子,一套两室一厅,另一套是一室一厅。

小袁亲自设计了图纸,请装潢公司把两套房打通,然后装修打通成了五室一厅两卫,一个厅成了卧室,另外把一个厨房改建成了一个小卧室。这样,祖父祖母住一室,外祖父外祖母住一室,父母住一室,他自己住在客厅改建的卧室,而那个厨房改建的小卧室,则给请来的居家保姆住。

前途无量的小袁,毅然决然告别了镶着钻石的金饭碗,在住家保姆的帮助下,正式开启了"一对六"阵形,二十四小时专职护理、陪伴六位老人。小袁拥有靖王般纤细手指的那双手,原来是用来优雅地触摸电脑键盘的,后来却整天在六位老人中间端屎端尿、洗头洗澡、洗衣做饭和喂饭喂汤。

笔者见到小袁时,发现他远远超出了五十二岁的苍老。将近二十年间,小袁送走了祖父祖母、外祖父外祖母,如今他的父母也将进入耄耋之年。

"这几十年,就一直都没有结婚吗?"笔者问。

"我连恋爱的时间都没有,还有时间结婚吗?"小袁苦笑反问道。

"你这么好的人,难道就没有女孩喜欢过你吗?"笔者问。

"有啊,可是人家喜欢的就是我这个人,而不是我身后的'一对六'阵形啊!"小袁还是苦笑。

"你和父亲是两代单传,所以你必须照顾祖父祖母,可是你母亲还有兄弟姐妹,你为啥要把外祖父外祖母也接过来呢?难道说,你舅舅姨妈都不肯管吗?"笔者又问。

"尽孝是发自内心的感恩,既然外祖父外祖母喜欢与我母亲在一起,那我也愿意他们两代老人开心。就当母亲和父亲一样,也是单传。至于舅舅和姨妈他们,偶尔有个亲戚来走动,也是好的。"

## 第二章 衰老，不可逆转的规律

"听说，最后外祖父外祖母的房子以及财产都给舅舅他们抢去了？"

"不是抢去的，是拿去的。因为我们根本就没有去争，所以不存在抢的说法。"

"那你这几十年没有工资收入是怎么过的？"

"靠祖父祖母和父母的四份退休工资维持生活、看病以及住家保姆的支出。现在是靠父母的两份退休工资和我的低保金过日子。我已经把两套房子又恢复原样间隔开了，把一室一厅的那套租出去了，因为是在市中心，而且就在大医院隔壁，租金也还蛮高的。"

几十年过去了，小袁不大想与人多接触，因为他已经回归不到主流社会了。有一次，大学同学想方设法找到他参加聚会，当年抄袭自己作业的那些人，个个都是位置上的头面人物了，不是有权就是有钱，其实是权钱都有。许多同学都嚷嚷着要给小袁发起募捐，他出于自尊婉转地拒绝了，从此就再也没有参加过同学聚会。

对于自己今后的养老，小袁也早就想好了，唯一的出路就是以房养老，所以他觉得自己的晚年不至于太凄惨。因为每天看调解家庭矛盾的电视节目，他发现，许多有子女的老人，到了晚年反倒没有了房子，被子女当作皮球一样踢来踢去。

袁先生夫妇虽然身体不能动，但脑子一直挺好使。他们觉得是自己拖累了儿子，一直对笔者说，总想去养老院度过最后的日子，也好让儿子找个好女人回来。

可是，小袁说，养老院不应该是子女卸包袱的地方，老人即使进了养老院，子女还得去探望照顾，两头跑也不值得。如今，父母居家养老的模式，他已经很习惯了，关键是自己已经有了护理老人的丰富经验。所以，把父母送到养老院，对他来说，不是个好主意。

笔者想，小袁是一个比较极致的"四二一"阵形的标本。而他们那代已婚者生的80后独生子女，将来很有可能会遭遇极致的"八四二一"阵形。可

49

是，许多80后显然还没有意识到自己肩上的责任，甚至还以"饭来张口衣来伸手"的超级大宝宝模式来催化加速父母的老化。

## 11. 养老院生活有人欢喜有人忧

随着中国越来越进入老龄化社会，社会养老是一个无法回避的话题。

张先生是一位极有能力的老人，退休后凭借自身的工作能力，担任了四家企业的顾问，这一做就做了好多年。一直到七十八岁那年开始，大家都发现张先生记忆力开始严重衰退。

有一次，企业刚给张先生发了工资，一转身他又去问老板："怎么这个月工资还没有发啊？"

老板悄悄地打电话给张太太，说了这个事。朝夕相处的张太太比老板更了解自己丈夫的记忆力，她歉意地让老板再发一次工资，她说："一会儿我来还给你们。"

从那以后，张先生就从发挥余热的岗位上正式退了休。他的记忆力一天不如一天，有一次侄儿开玩笑，问他有几个儿子？张先生一脸认真地说："这还不容易吗？算一算就知道了呀。"

闲下来的张先生，在家里坐不住，总喜欢往外跑。可是，后来总找不到回家的路。张太太带他去医院查了之后，确诊是老年痴呆症。

于是，张太太对丈夫开始严加防守，但看得太紧，张先生又要大发脾气。有时候，往往张太太一个转身，张先生人就不见了踪影。张太太和三个儿子总是如大海捞针一般把他找回来。

张太太在丈夫的衣服上缝上了家里的联系电话。这一招有时候真的管用，时常有好心人打来电话，也有派出所让家属去接。

后来，张先生的大儿子给父亲安上了卫星定位仪。每每监控发现老爸离开家里，就立即电话通知老妈和弟弟们。

## 第二章　衰老，不可逆转的规律

张太太和儿子们随时都要追随着卫星定位仪去寻找张先生。也许是技术上的原因，卫星定位仪的信息总是要略微滞后一点。大儿子在手机里告诉老妈，老爸在什么路什么路的交叉口，可是等赶到这个点的时候，老爸就已经移动到新的点了。

每天都这样疲于奔走追踪丈夫，张太太的身体终于垮了下来，因为心脏病住进了医院。三个儿子则请假回来，在妈妈和爸爸这里两头跑，妈妈在医院里得有人陪着，爸爸在家里也得有人看着。

等张太太出了院，三个儿子召开了家庭会议，也是万般无奈之下，最终决定"保母亲健康，把父亲送入养老院"。

选养老院也不是件容易的事情，不仅要考虑硬件设施，也要考虑服务管理，还要考虑家人探望的便利。

兄弟们几经实地考察比较，才选定了一家离妈妈不远的养老院，收费大约在三千多元。但是，实际一住下来，还是发现了这问题那问题。

于是，又想方设法换了一家，收费也差不多，但是在管理和服务上要好一点。

自从张先生住进了养老院，老年痴呆症的病情日益恶化，身体的机能也迅速地衰退，连自主大小便功能和自主咀嚼功能也几乎丧失了。张太太时不时地给护工塞小费，期待他们能够给予她丈夫更多的关照。

好在养老院离二儿子家比较近，他每天都烧点虾仁、黄鳝等营养菜，再用粉碎机打碎，喂给爸爸吃。可是，原本胖乎乎的张先生还是消瘦得不成样子了。

因为张先生晚上好几次起床摔了跤，为了避免再次发生危险，护工给他使用了约束带，其实就是绑在了床上。很快，一个原本满世界跑的人，现在却严重腿部肌肉萎缩，筋吊紧了不能动弹，臀部也生了严重的褥疮。

这家养老院是没有医疗条件的，所以张先生时不时因为各种感染被送去医院治疗。

## 人生四季
### ◎ 求医季 ◎

仲先生也是一位能工巧匠，他大女儿介绍说："爸爸当年是很了不起的八级技工，厂里缺了他就好像地球不转了一样，经常半夜三更地派车接他去解决大型机床的技术问题。"

可如今，八十岁的仲先生就像个小孩，一会儿认得出家里人，一会儿就认不出家里人了。仲先生以前特别喜欢与人辩论，非常注重尊严。他大女儿说："现在爸爸经常用尿不湿，已经完全没有什么尊严可言了。"

有一次在医院里，仲先生看见大女婿穿着红衣服，就指着红衣服说好看，还说自己穿的衣服不好看，看来他是不喜欢病号服，说明他有时候还没有忘记尊严。

仲先生的大女儿说："爸爸刚刚中风发病时，家里人去找了很多家养老院，真的很难找到理想的。要有中风康复治疗，还有糖尿病要按时用胰岛素，最后选中的那家，谈不上很好，只是最低限度的接受而已。里面算是有专职的医生，也有娱乐设施。"

但是，住了不到两个星期，仲先生的太太就不让再住下去了，把他接回了家。他大女儿说："现在，最辛苦的是嫂嫂，一直在负责照顾护理。"

王老太太今年九十二岁了，她四十出头才生了唯一一个女儿。

她女儿告诉笔者："三年前，因为继父的去世，我妈妈的人生再次发生了变故。已经八十九岁的妈妈非常害怕孤独，而我每天还要上班和出差，很难做到一直陪在她身边。"

经过再三考虑，王老太太的女儿认为，妈妈最好的去处是优质养老院。她说："我也反复实地考察了许多养老院，发现有些每月收费三四千的那种，简直没有办法待。"

王老太太的女儿千挑万选，总算找到了一家每月收费六千多的养老院。医务室大概有三四位医生，每天一次例行察看，量一量血压，听一听呼吸什么的，平时在医务室看病开药方，顺便照看打点滴的人。

在2016年的两会上，李克强总理在政府工作报告中提出，政府在开展养老服务业综合改革试点，推进多种形式的医养结合。但是，据王老太太的女儿说，上海全市养老院大概只有四分之一有可以用医保卡的医务室。

王老太太一被送进养老院，立即就引起大家的议论，亲戚们觉得老人要受苦了，也有人说她女儿是不孝。中国人的传统观念和八卦心态，让她女儿遭受各种冷嘲热讽，可谓压力山大！

其实，王老太太的女儿为了让妈妈住到舒心的养老院，每月要贴上三千多元钱。在家里居家养老，请个住家保姆，可能花钱也差不多，那样就不会被人批评不孝顺了。

可是王老太太的女儿说："我的妈妈，我最了解。她如果整天没人说话，可能现在早就老年痴呆了。如今，三年过去了，我一周去看妈妈两三次，九十二岁的她每天一场小麻将，精神愉快，身体健康，事实证明我做对了！"

乔女士对笔者说，她父亲比较幸运，在上海偏远郊区一个政府补贴的养老院里养老，还黄昏恋找了一位年龄相仿的伴侣，两人花三千元钱合租了一间带卫生间的房间。吃饭可以到大食堂去用充值卡消费，还有舞厅、图书馆等等文化娱乐设施。但是，那里的房间非常紧俏，据说有一千多位老人在后面苦苦排队。

## 12. 志趣相投老人互助养老就医

五十三岁的李女士和五十岁的邹女士，还有五十二岁的成女士，是相交几十年的闺蜜好姐妹。

成女士在儿子出道后，终于结束了这凑合了几十年的婚姻，也算是好离好散了。在离婚分割财产时，一套两室一厅的房子，出售后得款二百四十万元，留给儿子一百万，她和前夫则各得七十万元，家里不多的积蓄也全部都给了儿子。

手里的这七十万元，成女士并不敢轻易用，这是她将来养老看病的经费。

而两千多元的退休金，又要租房，又要吃喝拉撒开销，非常紧巴，租房还只能租20世纪50年代修建的那种煤卫合用的老公房。

邹女士则是因为错过了好姻缘，而终身未嫁。这几十年来，做哥哥嫂嫂的，比父母还热切盼望她早日出嫁，是个男人就拉过来介绍给她，走马灯似的。

自从父母相继过世后，哥哥嫂嫂一家视她为眼中钉肉中刺，看她万般不舒服。其实也难怪，就一套两室一厅的租赁房，哥嫂占据了一间，邹女士也占据了一间，已经二十多岁的侄儿就只能每天蜷缩在客厅的沙发上。

哥哥嫂嫂曾与邹女士谈判多次，贴她四十万元左右，腾出房间来给侄儿结婚。但是，邹女士就算把攒了几十年的积蓄全部加上去，也就是七十万多一点，到哪里去买房子住呢？即使能买到一个很差的房子，那么身边没有一点积蓄，又怎么防病防灾呢？

闺蜜中唯一婚姻生活幸福美满的是李女士。但是，她丈夫在经历了肝移植之后，最终还是留下一大堆债务，离开了人世。

成女士和邹女士，陪伴着李女士为丈夫守灵和做七。悲痛欲绝的李女士心脏病发作，是俩闺蜜搀扶着她去医院看病的。七七四十九天，俩闺蜜天天陪伴着她吃住在一起，帮助她度过了最伤心的日子。

李女士的女儿已经出嫁，女婿也是普通工薪阶层，小两口没有能力帮助母亲偿还那四十多万的债务。只能商量着让母亲将两室两厅的房子换成一室一厅，用大换小的差价来还债。

成女士和邹女士，又陪伴着李女士通过中介公司到处看房子。看着看着，她们突然发现，她们的相处模式其实挺好，毕竟从小知根知底的，脾气性格也了解，何不搬来一起住呢？也算是合作互助养老就医。

李女士的房子不用换小了，她依旧住在原来的卧室，女儿未嫁时住的那间卧室就让成女士住进去了，邹女士则住在朝南客厅改建的卧室里。三间卧室清一色朝南，而厕所、厨房和饭厅则清一色朝北。

摄影：李钦连

人生四季
◎ 求医季 ◎

李女士敞开大门迎接两位闺蜜，而成女士则把她的七十多万元全部放在养老公款里了，邹女士拿到了哥嫂的贴补费，再加上自己的积蓄，差不多也是在七十万元多一点，也放在了养老公款里了。

就这样，这个异姓三姐妹组成的小家庭，还掉李女士的四十多万债务，还节余了一百多万的存款，关键是每个人都有了舒适的卧室住。三姐妹的退休金加起来有七千多元，各人留下一定数额的自由零花钱之后，其他则放在一个账户里，足够她们平时吃喝拉撒看病就医各种开销了。

虽然彼此信任，但三姐妹还是先小人后君子，相当郑重地到公证处去做了公证，三姐妹合作互助养老就医，在该房子里住到终老，养老公款账户用于医疗救急……

原先，一个人吃饭也没有什么滋味，关键是菜的花样也做不多，所以有时候就懒得做。如今，三姐妹每天一起去逛菜市场买菜，三个做家务的好手联袂下厨房，每天翻着花样做好吃的，还经常创新，吃得心满意足。

三姐妹当中，只要一个人身体不舒服，另外两个就会竭尽全力地照顾，还会陪着一起去医院，互相挺照应的。

她们说，等真的老了，再请个二十四小时住家保姆来照顾吃喝拉撒，也比住在养老院里好多了。

七十二岁的朱先生和六十八岁的陆女士，七十岁的戴先生和六十九岁的赵女士，分别是两对黄昏恋鸳鸯。

他们凑在一起打麻将已经持续一年多了，每次都是赢的人请吃饭，在一起也过得开开心心。

后来，他们干脆都把各自的住房租了出去，再在医院附近租了一套三室一厅，请了一位二十四小时住家保姆，就算过起了合作互助居家养老的生活。

之所以要选择在医院附近租房，是因为他们四位老人各自都有一些慢性病，需要长期服药，还时不时地需要光顾医院。

四位老人在经济上没有任何来往，租金也好，保姆费用也好，水电煤费用，吃喝用度的费用，统统 AA 制。

连老鸳鸯之间，也是 AA 制，比年轻人都时尚。

## 13. 周游世界享受人生潇洒养老

吴先生夫妇是大学退休教授，2016 年春节过后，房价猛涨，他们认为这个价格已经高得离谱了。于是，他们果断地在一片涨声中，抛售了夫妇俩唯一的一套住房。

黄金地段的三室一厅，到手一千二百万元，转身就飞去了美国。笔者见到吴先生夫妇时，他们刚刚飞回国内，在美国漫游了四个月。

吴先生夫妇说，他们不是见房价上涨而一时冲动，实际上已经筹划很久了。

他们花了一年多的时间来处理各种物品，儿女要的就让儿女拿去，能卖的就卖了，可以送朋友的就送朋友，一些浅显的书籍就捐赠给老区的学校，一些专业的书籍就赠送给学生。自己留下的春夏秋冬衣服以及一些生活必需物品，仅仅只装了五个大皮箱，一辆七座的旅行车就能全部放下了。

他们早早办好了美国和加拿大的十年有效签证，还有日本五年多次往返的签证，攻略也早已做得滚瓜烂熟了。

吴先生告诉笔者："如果我们还只是二三十岁的年龄，那么人生的主题应该还是奋斗打拼阶段。可现在，我已经六十岁了，太太也已经五十五岁了，那么人生的主题应该就是安乐享受这四个字了。换一句话说，我们的安乐享受是靠奋斗打拼换来的。老年人就应该在安乐享受中度过晚年，在安乐享受中关注社会，做一些力所能及的善事。"

吴先生说："我们是从自己身体机能的不断老化中，切实感受到生命倒计时的紧迫感。网上年轻人流行一句话，叫作'世界那么大，我想去看看'。的确，世界那么大，谁都想去看看。其实，我想说，你们还年轻，时间来得及。我们已老了，时间不多矣。我们不想等到躺在床上动不了的时候，心里留下一大堆遗憾。"

吴太太说："我们不赞成养儿防老的传统思想，生养孩子是因为爱，而不是一门追求回报的长线投资。在风烛残年时，我们不会把自己作为包袱强加给子女，因为孩子们正在为他们自己今后安乐享受老年生活而努力，他们也在养育着自己的子女。"

吴先生告诉笔者："只要有走得动的日子，我们会四海为家。"

至于老年人免不了的医疗，他们给自己购买了高端的保险，在很多国家和城市的医疗费都可以报销。但是，吴先生说，针对老年人的优质医疗保险品种，真的是少之又少。

吴太太说："要是实在走不动了，我们会购买医养结合的社会服务。当更糟糕的情况来临的时候，我们不希望切开气管啊，插胃管鼻饲啊，还有引流管、导尿管啊等等。总之，我们拒绝各种不人道的抢救，我们希望能够寻求到一种不太痛苦的安乐方式，有尊严地离开人世。最后，如果我们那具皮囊对人类医学还有用，可以拿去解剖研究，很早以前我们就都已经办好了捐献遗体的手续。"

五十八岁的黄阿姨和丈夫，也在2016年春节后卖掉了他们自己名下唯一的房子，是在上海中环外的一所优质小学附近，算是学区房，两房两厅得款四百万出头。他们老夫妻的户口就挂在了自己弟弟弟媳家里，女儿的户口则挂到了派出所的公共户口里。房款，就照三股开分了。女儿一份，一百三十多万。老夫妻各一份，总计二百六十多万。

黄阿姨说，当年她生了女儿，被婆婆差点骂死。但是，生女儿是男人的因素，生一胎是政策的因素。常看微信的她蹦出了一句网络用语："我是属于躺着中枪啊。只有我妈妈安慰我说，生女儿贴心啊，而且生女儿将来嫁出去不用操心。"结果，没有想到女儿却让她烦心不已。

"我没有想到女儿会鬼迷心窍，竟然找了个外地穷人。小姐妹说，你女

## 第二章 衰老，不可逆转的规律

儿找了个凤凰男。开始我还不知道啥叫凤凰男，后来一查才知道，是专门指乡下出身，穷得一塌糊涂，靠拼命努力考上大学，毕业后留在城市里吃苦耐劳工作的男人，是鸡窝里飞出来的金凤凰。可是，我女儿要是真的找了个凤凰男倒也算了，她这个男人啊，只有凤凰男的前半段，家里倒真是穷得吓死人，但是他根本没有凤凰男的后半段，就是一只草鸡而已，既不肯吃苦，又不肯节约，还懒得要命！"

看得出，黄阿姨对草鸡女婿是万分不爽。

"将来房子留给他捡便宜，还不如我们先变成现钱，好好游山玩水，等到我们老得走不动了，就找个带医疗的高级养老院，在那里养养老看看病。就从女婿现在的这副懒样子看，指望他将来照顾我们养老看病，绝对是不现实的，还不如我们自己早做打算。"

黄阿姨夫妇与吴先生夫妇，卖掉房子之后的遭遇，是完全不同的。

吴先生夫妇，虽然卖掉了房子，但是一双儿女及媳妇女婿都非常理解老人的选择，支持他们的生活态度。虽然和孩子们在一起的日子少了，但是回来团聚的时候，彼此更亲密了，那是浓浓的亲情。

黄阿姨夫妇，刚卖了房子，就与草鸡女婿结下了仇恨，彼此形同路人。黄阿姨说："这样也好，我们前半生的精力都放在了抚育女儿身上，而现在就学学外国人，总算可以完完全全地考虑自己了。"说是完完全全考虑自己，但其实他们是做不到的。

黄阿姨说，明显草鸡女婿当初是冲着房子而来的。虽然黄阿姨怨女儿瞎了眼睛，但毕竟是自己身上掉下的肉，其实也是心疼女儿的。黄阿姨分析，就眼前来看，草鸡女婿应该不会对她女儿太过分，因为毕竟她女儿手里还掌握着一百三十多万的现金。但是，看他们大手大脚乱花钱，这点钱迟早是要被他们挥霍掉的。那时候，她女儿的日子就会难过了，这草鸡女婿会不会对她女儿好，都很难说。所以，他们得为女儿藏一点钱。

六十岁的罗先生夫妇，双双都是知识分子，与黄阿姨家的情况有些类似。

59

他们说，儿子莫名其妙找了个知青回沪子女，关键是两代人都没有啥文化，这让他们非常灰心。

拥有多套房子的罗先生夫妇，非常看不起挤住在一个小两室一厅的亲家夫妇，偶尔礼节性相处，简直没有任何共同语言，不知道是该谈天文地理，还是聊历史文化。就是一些人人皆知的新闻，亲家夫妇的解读与罗先生夫妇的理解相去甚远。有时候，也只剩下天气还可以拿来说一说。但即便是聊聊天气，两亲家的观点也是不同的。

罗先生夫妇更看不惯好吃懒做的儿媳妇，尤其不喜欢她的铺张浪费。罗先生说，他们这种家庭不会去吵架，但是他们会理性冷静地处理家事。对他们而言，最正确的选择是卖掉房子，让儿子媳妇独立，也让他们老夫妇走出去，与有共同语言的朋友们一起去享受人生。

罗先生夫妇过着像候鸟一般的生活，寒冷的时候在海南岛过冬，炎热的时候则在凉爽的山区避暑，非常逍遥自在。他们与儿子媳妇的关系，既不像吴先生夫妇那样感情上很热络，也不像黄阿姨夫妇那样感情到了冰点，而是微妙地不温不火。

## 14. 为了保住棺材本而理财投资

每过一段时间，笔者在早上驾车路过银行的时候，总会看见一群白发苍苍的老人，一大早就在门前排起了长队，但是并不知道这些老人是在干什么。

最近，笔者才弄明白，那个长队是半夜就开始排了，甚至有老人是前一天晚上的9点或10点钟就过来了，是为了抢购国家发行的债券，因为利率略比银行高了那么一丁点。

老人们有些带着小板凳，有些用个布兜垫在屁股底下席地而坐，有些拿个硬纸板或者报纸垫一垫。

半夜里，笔者跻身于这群老人当中，听了数个小时的养老就医故事，各

## 第二章　衰老，不可逆转的规律

有各的酸甜苦辣。

七十九岁的刘阿婆，是在饭桌上听见儿子媳妇们讨论买国债，留了心，就悄悄地跑到银行去咨询。弄了好几趟，总算打听清楚了什么叫电子式国债，什么叫凭证式国债，什么时候发行。

还是一旁的老人熟门熟路地告诉她，起码得半夜就来排队。虽然已是初夏，但是子夜时分的微风吹拂在皮肤上，还是有一些寒意的。刘阿婆两手交叉紧抱在胸前，蜷缩着身体，试图让自己增强一些御寒能力。

她说："儿子媳妇都是在网上操作的，他们叫秒杀，很方便的。"

"那你怎么不让儿子媳妇在网上帮着一起操作呢？"

"我是瞒着他们来的，不能让他们知道我身边还有这么一点小钱。"

笔者前后左右一问，居然有好几位都是这种像刘阿婆那样，瞒着孩子偷偷摸摸来的。

刘阿婆说，她就这点棺材本，要是让孩子们知道了，还不被啃个精光啊！

队伍中，许多人都在批评政府，抱怨物价飞涨。其实老人们也说，这点退休金，单单就管吃喝用度是足够的了，用都用不完。人老了，手里没点钱防身可不行啊。总要藏点钱养老吧？

"既然退休金管吃喝用度已经足够了，那不正好可以安享晚年嘛。"笔者说。

"但是，我们哪敢大着胆子把这点退休工资用光啊？在这里通宵排队买国债的人，都是没有什么本事的，也不是飞来横财，你问问哪个不是从牙缝里省下来的钱啊？"

"可是，为什么要拼命从牙缝里省下来存钱买国债呢？既然你们吃饭穿衣都不愁，那还在担心什么呢？"

老人们告诉笔者，他们最担心的就是大病突然袭来。

"不知道哪一天，我突然身体出大毛病了，谁会出钱救我啊？只有靠自己攒点钱，准备在那里啊！"刘阿婆说。

"不是有医保吗？不是还有大病救助吗？"笔者问。

"人一进医院，不就像砧板上的一条鱼呀，自己哪里还做得了主啊。许多自费项目，医生说了，你敢不用吗？每天单就护工的钱，就得一两百，也得从自己口袋里摸出来啊！"

张阿伯说："如果没有看病吃药住院的后顾之忧，我早就可以像美国人那样，将退休金吃光用光。但是，如果我真的这么潇潇洒洒过日子的话，那么等我躺倒在医院的床上时，就潇洒不起来了呀，到时候就真的是叫天天不应，叫地地不灵了呀！"

每次都是到早上8点钟的时候，体恤老人的银行就会提前开门放他们进去，填写单子。

老人们各种手忙脚乱，好在时间还是比较充裕的，在银行工作人员的指点下，总算都完成了单子的填写。

8点半，柜台正式开卖。七十九岁的刘阿婆在柜台前坐下，拿出一堆单据。但是，银行工作人员问她要储蓄卡。

"我的钱不都在这里面吗？"刘阿婆指指那本暗红色的小本子。

"阿婆，你这个小本子，我们叫软卡，现在我们需要你提供那张硬卡。"银行工作人员说。

可是，刘阿婆偏偏没有带储蓄卡的硬卡！一夜的排队泡汤了。

另一位老人，在柜台前也僵住了。他之前买的是这家银行推出来的一种理财产品，收益按日计算，每月分配，是一种可以随时赎出来的理财产品。老人倒是带着储蓄卡的硬卡，但是，银行工作人员说，今天是星期日，所以没有办法帮他赎出来钱转买国债。

"可是，我买的这种理财产品的特点不就是可以随时赎出来的吗？"老人急了。

"老伯伯，你买的是我们银行的开放式T+0理财产品，客户选择实时提现功能，资金就可以实现T+0实时到账，就是随时可以赎出来的概念，但这是

## 第二章　衰老，不可逆转的规律

指工作日交易时段内开放申购赎回份额立即确认。所谓工作日就是指每周一到每周五，所谓交易时段就是指每天早上 9 点到下午 2 点半。"银行工作人员解释说。

还有一位老人，也是一夜白排了。他的卡也带齐了，钱也是到位的，但是他没有事先去银行开办个人国债账户。

"那么，我现在就开办个人国债账户，行吗？"老人有些不甘心。

"老伯伯，我们今天不办理国债账号开户，只办理购买国债。"银行工作人员说。

其实，比起 T+0、电子式国债、凭证式国债这些相对靠谱的理财品种，更让老人们云里雾里的是 P2P，许多老人栽倒在了 P2P 上，血本无归。

早在 2015 年 3 月，《和讯网》就以"进入 P2P 雷区小心人财两空"为标题发表报道，称：

"2014 年 12 月，杭州源本财富因资金链断裂，老板失联跑路。像刘先生这样的投资者多达五百余人，不能追回的金额加利息超过一亿元。而这，只是 2014 年近三百家 P2P 平台"爆雷"的冰山一角。

"工商资料显示，源本财富于 2013 年 8 月 26 日成立，注册资本一亿元，法定代表人朱宵靖，股东组成为朱宵靖和贡俊权两名自然人。通过网站信息还可以看到，2014 年，源本财富相继获得'浙江省工商企业 2A 级信用单位''浙江省投资者最信赖单位'等称号，也正是这些正面宣传，使得投资者放心地投入了积蓄。

"据悉，源本财富 P2P 融资平台的投资者多为老人，很多老人投上了积攒多年的退休工资。这五百多位投资者在源本财富的投资金额少则三万到五万元，多则上百万元。源本财富跑路后，投资者中有人急火攻心住进医院，有人自杀，有老人因此断了医药费，目前至少三人因此事身亡。"

2015 年 12 月，《新华网》以"大大集团被调查取证揭开 P2P 平台的线下黑洞"为标题，转载《北京商报》的文章称：

"有利网 CEO 吴逸然表示：'之所以看到很多互联网金融平台出现风险，其实跟他们采用传销式的、地面推广式的模式有很大关系，因为往往这种用户对象都没有互联网的使用习惯，教育程度普遍不足，所以很容易面对一种理财产品的时候，把它认为是存款的等价物，把自己的身家性命都押到了理财当中去'。"

2016年2月，《浙商网》报道称：

"《钱江晚报》记者曾做过调查：不少 P2P 网贷公司，十万元就能建个 P2P 平台，员工培训一天就上岗；加上 P2P 平台的借贷缺乏担保抵押、又游离在监管之外，而且很多平台经营者其实是在负债经营，一旦出现风险，只有跑路。"

2016年2月，山东《齐鲁网》以"P2P 非法集资网络电信诈骗花样翻新 老年人受骗占七成"为题发表报道，称：

"德州市庆云县公安机关成功破获了一起基于网络 P2P 进行非法吸金的网络骗局。这家名义上从事抵押房车贷款业务的网贷公司，以月息百分之十八的高额回报，开业不到六天，就吸收了近二百人的存款。"

笔者采访了好几位 P2P 受害老人，当被问及知道什么是 P2P 吗？老人大多回答不上来，只知道是理财投资。再问老人，之前有没有看到过关于老人 P2P 受骗的报道，老人们也说不清楚。

"不知道啊，但是当时听他们宣传比存银行好，而且是什么什么银行信用担保啊，百分之百保本保息啊，其实我们关键还是看见他们有执照，还在官方媒体上做广告了，所以就相信了。"

周阿姨本来是个快快乐乐的人，每天晚上都准时来跳广场舞，但是如今一个多月没有来了，因为她投到 P2P 的七十万血汗钱已经血本无归。去探望过周阿姨的广场舞伙伴告诉笔者，原本周阿姨心宽体胖的，每天跳舞都减不下来肥，可现在愁眉苦脸的，茶不思饭不想，瘦得只剩下皮包骨头，三天两头生病，成为医院常客。

第二章　衰老，不可逆转的规律

单身的郭老伯，有着一笔凝聚着血泪的二十万存款，本来一直在银行做保本保息的理财投资，有时候三个月一期，有时候是半年一期，倒也蛮稳定。

在一次老同事聚会上，郭老伯听说很多人都在做这个 P2P，有个同学介绍的一个 P2P 品种，利息高达百分之二十四，关键是把正在做的这个项目吹得天花乱坠，他立即就心动了。

但是，郭老伯投进去没多久，这家平台就出事了，老板卷款跑路了。

这些老人们看中的是人家的利息，而可悲的是，人家看中的却是老人们的本金。

老年人本想用大半生积蓄再挣些钱，却没想到，本钱回不来，生气受累，还要搭钱去看病。

## 15. 保健生意瞄准锁定老人腰包

一部《西游记》，多少妖魔鬼怪费尽心机都想要吃到一块唐僧肉，以期换来长生不老。

古往今来，从秦始皇到汉武帝，再从唐太宗到乾隆帝，多少帝王将相穷尽法术，梦寐以求长生不老。

无奈，长生不老，只有虚无缥缈的神话传说里才有。

现代医学之下，人们不得不承认：老，是不可逆转的自然规律。所以更多人退而求次之，把自己的希望，寄托在长生不老的初级状态——延年益寿。

据笔者了解，保健品的销售手段五花八门，有"讲座销""媒体销"和"旅游销"等，但是万变不离其宗，都是紧紧围绕"延年益寿"这四个字。

浙江嘉兴的何阿姨，今年五十八岁了。何阿姨中等个子，胖胖的身材，人很和气，笑起来有孩子般的天真。和大多数退休职工一样，何阿姨的生活基本围绕儿子孙子转。白天闲暇时，参加社区腰鼓队，既锻炼身体，又结识了一帮老姐妹。

## 人生四季
◎ 求医季 ◎

和何阿姨一聊起吃保健品,她兴趣十足,如数家珍地说出了一大堆保健品的名字,还介绍了这样那样的好处。说她是忠实客户还不够,简直就是没有代言费的忠实代言人。

那么,有没有吃过感觉不太好的保健品?

何阿姨支支吾吾有点难为情,旁边一群阿姨大笑。迟疑了一会儿,何阿姨"老实交代":"吃过,牛初乳。"

牛初乳的故事其实很老套。销售人员往往是小年轻,阿姨长阿姨短的嘴巴甜,嘘寒问暖比自己子女还亲,哄得老人家信任后,就带她们去听所谓的"健康讲座"。企业聘请的所谓专家,在台上胡乱吹一气,末了就开始销售产品。

何阿姨花了四万块,买了两大箱牛初乳,拿回家偷偷藏起来不给儿子媳妇知道,然后和老伴"谨遵医嘱,按时服用"。

讲到这里,有人插问了一句:"叔叔今天没见到嘛,去哪里了?"

何阿姨笑眯眯的脸就阴沉了下去,叹了口气,说:"没了。"

何阿姨的丈夫死于心肌梗死,去世时六十岁不到。"很快的,人一下就没了。"何阿姨说。

何阿姨夫妇是普通退休工人,没有体检福利,他们自然也不会每年主动去做体检,何阿姨丈夫去世时,大家都不知道他有心脏病。

四万块几乎是何阿姨两年的退休工资。如果用来做目前市面上比较高端的全套体检,何阿姨夫妇可以做十年。

老年人都想健康长寿,同时还特别爱听好话。卖保健品的人,抓住他们这种心理,把他们哄得团团转。而正确健康的保健手段,比如定期体检、正视疾病、配合医生正规治疗等等。而老年人往往反而不喜欢。

和医生朋友聊起过这件事,他们说,在国外不会有这种事,因为你压根儿就买不到这些乱七八糟的保健品,想被骗都没机会。

这种把老人家骗去听讲座卖药的做法,业内称之为"会销"。

## 第二章　衰老，不可逆转的规律

据笔者了解，除了"会销"之外，还有最具迷惑性的"媒体销"。就是通过电视、报纸做一些健康栏目，以绝对权威的口吻来介绍养生知识，推销保健产品。

某省电视台健康栏目的前负责人W，告诉过笔者这样一个故事。

有一天，W在台里接听到一位赵姓老伯的电话。她说，一听就知道对方是一个有知识有礼貌的老人，思路清晰，表达流畅，说话很客气。

赵大伯咨询的事情是："你们电视台一个健康节目，叫《中华好养生》，要给我配两个疗程的方子，一千五百元钱，我要不要买？"

W一听就知道，段子节目又在骗人了。

W告诉笔者，电视上播的健康节目，其实要分为两大类：

一类是电视台自己制作的真正的健康节目，一类是社会公司制作的购买电视时段播出的假健康节目。

前者不会通过节目卖药卖产品，而是把节目做精良了，有了好的收视率，吸引正规广告商投广告，这也是电视节目的普遍赢利模式。

后者则在节目上挂着400电话，在观众打进电话后，空中诊断，配大药方，动辄几千元。

赵大伯说的《中华好养生》，就是社会制作的节目，购买了我们兄弟频道的播出时间。但是，观众分不清哪个是李逵，哪个是李鬼，他们对电视有着纯朴的信任，觉得都上电视了，能不对吗？

赵大伯应该是受过比较好的教育，有一定判断能力的老人，他虽然打电话咨询过，对方也给他做了诊断，配了药，但他还没最终下单。付款之前，他想打电话到电视台来问问。因为我们是集团有"出生证明"的正规自办健康节目，总机自然就把电话转到了我们这里。

W和赵大伯说了几点：一是自办健康节目和社会办健康节目的区别；二是观众如何辨别这两种节目。W告诉他："一个节目，如果永远都是同一个'专家'，讲了一个月，衣服都没有换一套的，那肯定不靠谱。你想想，人家

67

### 人生四季
◎ 求医季 ◎

正规医院里的大专家，几十年研究加临床，才能成为一个领域的专家。电视里这个人，从头到脚，由内而外，人身上就没有他不懂的地方，这可能吗？人家医院里的药成千上万种，不同毛病配不同的药。电视里的专家，讲到最后，给所有人的药方都是铁皮枫斗。你觉得铁皮枫斗包治百病吗？说白了，就是卖保健品的嘛。"

末了，W和赵大伯说："情况我都告诉你了，要不要付钱，你自己做决定。身体真有哪不舒服的，还是要到正规大医院去看。虽然医生可能态度差一点，但基本不会害你的。"赵大伯说："好的，谢谢你啊！"

W说："作为电视人，那时候我们很恨'段子节目'，但是又无能为力。它的收视率有时候比我们做的节目还高，因为主持人和专家巧舌如簧，句句话都说到老人家心坎里去了。我们请的专家都是牛气冲天的主任、院长，才没空哄老人家欢心，甚至还要板起面孔教育他们。"

2015年9月1日新广告法出台，对这类节目有一定程度打击。后来国家广电总局又出文，严格限制健康节目，对主持人、专家做了一定要求，比如主持人一定要是电视台正规有上岗证的主持人，专家要有副主任医师以上职称等等，这些要求基本上把段子节目扼杀掉了。

W说："今年我离开电视岗位，对目前这一类节目的情况也不甚了解了。但是曾经在很长一段时间，电视台在经济效益的驱使下，助纣为虐，的确充当了很不光彩的角色。"

还有一种业内叫作"旅游销"，组织老人们天南海北地旅游，但是组织者醉翁之意不在于旅游，而在于保健品。

因为组织者没有在旅游上挣钱，所以出团比较便宜，老人们看性价比高，就很愿意报名出去走走。

旅游大巴是直接在小区门口的集合点接老人的。出门在外的朝夕相处，组织者的贴心服务，嘘寒问暖，赢得了老人们的心。通常，只要有了好感，很多老人或多或少都会购买一些保健品的，买海参、买破壁灵芝、买铁皮枫

## 第二章 衰老，不可逆转的规律

斗、买冬虫夏草，还有各种冲剂、药丸，敷贴的膏药，还有各种高科技的治疗仪。

保健品促销者都会向老人灌输一个概念，与其花钱吃药打针吃苦头，还不如花钱吃保健品，这叫消费新理念，把医疗消费的钱前移到保健品消费上来。保健品是个消耗品，如何牢牢套住这些老人成为忠实客户，客服维护就显得非常重要。

如今的年轻人工作压力大，平时忙得没空关心老人，难得有了假期就又想着要放飞自己生活在别处。所以与老人见面的机会少，说话的机会更少。

难得聚在一起，孩子们的注意力又总是集中在手机上。每年的母亲节和父亲节，满屏都是孝子孝女的涕泪感怀，可是你这么孝顺，你爸爸妈妈知道吗？

做保健品生意的冯女士告诉笔者，只有他们最知道老人的孤寂，所以才可以乘虚而入。保健品生意都是从与老人聊天开始的，从来不急吼吼地推销，而是放长线钓大鱼，先套近乎联络感情，一旦赢得老人的好感，那么后面的生意会是源源不断的。

冯女士说，她每天睁开眼睛，第一件事情就是摸床头柜上的手机。根据手头老人的不同作息规律，给有微信的老人发去第一声问候，针对老人不同的口味，发视频、发图片，还有各种心灵鸡汤。接下来再给没有微信的老人打电话，问问他们身体状况，告诉他们今天天气情况，或者是提醒加衣服注意保暖，或者是提醒注意防暑降温，或者是提醒风雨天不要外出。

"我对亲娘老子都没有这样过，一般都是有事情才会打电话给他们。给这些老头老太打电话时是不一样的，那是一种职业状态，属于客户维护。"冯女士说。

冯女士还时不时地把这些老头老太组织起来，过一段时间就带他们去卡拉 OK。非双休日的白天时段，卡拉 OK 厅的收费非常便宜，一个可坐十几个人的中包从早上 8 点到晚上 6 点，凭会员卡只要百元不到，再买些点心、盒饭提供，那些老人唱得可嗨了。

人生四季
◎求医季◎

　　有些保健品公司,干脆自己就设置了卡拉OK厅、舞厅和麻将室,让老客户像跑娘家一样天天到公司来。

　　这叫"活动销",往往一场活动下来,老头老太们采购满满,而保健品公司则腰包满满。

　　有许多活动,还不是简单的娱乐活动,而是赋予了许多冠冕堂皇的正能量。比如,健康读书活动、讲上下五千年历史活动,学弟子规、论语活动。甚至各种劝人行善的讲座,俨然善良化身,最后说是出于关爱老人,推荐了一些保健品、中药和各种保健仪器。

　　销售保健品的李女士,就组建了一个正能量团队,一直标榜宣扬从善,她就曾带着老人们去过九华山、普陀山、峨眉山、五台山烧香拜佛,跟团的老人们都是菩萨心肠,看着组织者鞍前马后的辛劳,也愿意多买一些给予回报。不仅自己吃,还四处送人。

　　一位居委会干部告诉笔者,他们小区里有一个无子女的知识分子家庭。今年老先生刚刚离世,老太太成了孤老。

　　今年7月,持续高温,居委会上门关心孤老。发现老太太家闷热无比,原来她家没有空调。但是,这个无子女的知识分子,应该经济不会很困难的啊!而且,家里的保健品已经堆成了山。

　　居委会干部一问,才知道老太太热衷于保健养生,最近刚刚花了六十万购买了保健品。居委会干部感觉情况不对头,赶紧通知了派出所。民警上门一了解,当即说,这肯定是骗子。等卖保健品的人再联系约好上门的时候,让老太太立即通知派出所,他们会尽量帮老人追回骗走的钱。

　　但是,大家万万没有想到。当销售保健品的骗子再次来电时,老太太说:"我们派出所民警说了,你是骗子,我再也不相信你了!"

　　结果,骗子再也不露面了,老太太的六十万也拿不回来了,而且面对这一大堆保健品,扔又不舍得扔,吃又不敢吃。

　　有一位浙江的大伯,肚脐上贴一块比硬币稍大一点的中药贴,要八千元

## 第二章　衰老，不可逆转的规律

与世无争。温柔善良的性格，包容的处事态度，在举手投足间，散发出高贵和优雅的气质。

八十五岁的陈阿婆，理着一头干净利落的倒削短发，在银灰色的头发根部，簇拥着新生代黑灰色细发，感觉是有点逆生长的节奏。

其实，陈阿婆真正逆生长的，不仅仅是头发根部的黑灰色细发，而是她的心理年龄。

陈阿婆年轻时，朝气蓬勃，充满活力，她作为上海大中华火柴厂管乐队的笛子手，吹奏着《东方红》的乐曲，讴歌新中国。

在陈阿婆刚满二十四岁的那一年，偶尔发现痰中带血。但是，医院却查不出究竟是什么原因。

很多年过去了，陈阿婆也东托西求地去了很多家医院，可医生们就是查不出她得的是什么病。而那时，陈阿婆已经发展到时不时地大口吐血，可这么多家医院的医生还是束手无策。

一直持续了二十多年，陈阿婆依然时不时地吐血。她先生也算是一个人拿着好几个人工资的高收入者，便想方设法地给太太补身子。虽然那时正处在物资匮乏的年代，样样东西都要凭票供应，但是上海这座大都市，只要拿着钱到饭馆里坐下来，还是有些好菜可以点的。可是补进去的营养，哪经得起这样大口大口地吐出鲜血来呢？陈阿婆的身子骨，弱得简直比林妹妹还要林妹妹。

因为长年累月病病恹恹的，而且又一直查不出病因，所以陈阿婆始终处于担惊受怕的状态。每次大口吐血的时候，感觉自己就像一支风中的蜡烛，随时随地都会被吹灭。所以，陈阿婆的心情极为悲观愁苦，整夜整夜的失眠成了常态，得了严重的抑郁症，这又反过来更加恶化了她的病情。

直到20世纪70年代之后，陈阿婆遇到了医术高超的肺科专家黄大林医生，她的命运才得以彻底反转。

为什么吐血几十年却找不到原因呢？黄医生拿着X光片反复研究，终于一个疗程。据说是感觉很好。

有一位上海郊区的阿婆,花了将近三万元买来一个类似头盔一样的东西,每天套在头上半小时,一按键有液晶显示,还有模拟人声提示,看上去很高科技。据说,对延缓老年痴呆症很有好处。

H女士告诉笔者,她母亲是位退休的高级教师,平时也热衷于购买各种保健品,吃的、用的一大堆。作为子女,她总是要看看说明书,网上查一查,朋友圈问一问,为老人把把关。但是,她把关的原则是根本不去在意这东西有没有什么益处,只要没有害处就OK,让老人图个开心就是了。

H女士说,如果严格把关,限制老人买这买那的,老人会感觉子女这是心疼钱,不孝顺。而且,如果子女反对多了,老人就会瞒着子女偷偷地购买。那么失控之下,老人万一购进有害的保健品,就更倒霉了。

近年来,老年人因为购买保健品而上当受骗的新闻,屡屡见诸媒体。

## 16. 快乐是强身健体的重要秘诀

也许是时光老人偷懒的缘故,竟然没有在陈美馨老人那张饱满的鹅蛋脸上,大刀阔斧地作为过,所以她的脸上看不到老年人所特有的沟沟坎坎,斑驳沧桑。

陈阿婆的皮肤,好似将要熟透的水蜜桃,白皙里泛着健康的红润,细看还会发现,有一层若隐若现的淡淡绒毛覆盖在皮肤上面,仿佛婴儿一般。

她那双犹如杏仁一般的大眼睛,也没有随着漫长的岁月而变得黯淡下来,双眼皮就像年轻人那样层次分明线条清晰,眼角间的那些小细碎纹,自然而然显露出陈阿婆发自内心的慈祥与平静,厚薄适宜轮廓分明的嘴唇,好似抹上了一层天然的淡淡玫红唇彩,配上习惯性的抿嘴无声微笑,厚道和善良写在了她的脸上,鼻翼两边的笑纹,与微微上扬的嘴角相连,将满满的乐观飘溢出来。她是个好脾气的老人,在与人相处的时候总是言语温婉,声音轻细,

时尚而美丽的陈阿婆。谁能看出八十五岁的她曾经是个"老病号"

尽情享受晚年的陈阿婆

## 第二章 衰老，不可逆转的规律

发现了问题的症结。他断定，陈阿婆得的是肺结核病，只是因为病灶正好被肋骨半遮半掩，所以不仔细辨别是很不容易捕捉到的。而病灶恰好就在一根血管上，所以就会时不时引起吐血。

陈阿婆回忆说，黄医生给她开出的是治疗肺结核的皇牌药链霉素药片，同时辅之以 B6，要求长期服用并且定期检查。黄医生告诉她，结核杆菌侵入肺组织并在里面生长繁殖，使肺部组织受到破坏，会出现好像变质的奶酪一样的物质，影响正常的生理功能。他们医学专业上称为干酪样坏死。因为坏死物比较偏于酸性，不易液化吸收，所以能长期存在。只有机体本身抵抗力增强，或者经过治疗之后，干酪样病灶中的结核杆菌代谢低落，繁殖能力被削弱，病灶失水而干燥，形成钙化。通常，我们把钙化看作是肺结核治愈的标志。

陈阿婆非常关心自己的病灶什么时候才能钙化。黄医生告诉她，要在胸部 X 光片上看到病灶钙化，通常会需要一到三年以上的时间。肺部结核病灶钙化的快慢与年龄是有密切关系的，儿童、青少年正处于长身体、长骨骼的时期，钙磷代谢比较旺盛，肺结核的钙化也就会快一些，通常一年到一年半就可能钙化了。而成年人的肺结核钙化过程，则会相对缓慢得多，往往要花上数年的时间。

虽然成年人的肺结核是需要多年才能钙化痊愈，但是因为黄医生为陈阿婆找到了病因，医生还说，肺结核有些是传染的，有些是不会传染的，而她的肺结核恰好是不传染的。陈阿婆的心里踏实多了，情绪也改观了很多，变得乐观开朗起来，一个好心情也许会加速病情的好转。

在医患的共同努力下，陈阿婆几年坚持治疗下来，就再也没有吐过血，每次复查结果都是在好转中。但是，渐渐地她对服用链霉素产生了药物反应，耳朵里总是感觉嗡嗡嗡地响，连与人正常对话都觉得有些费劲了。

万幸的是，此刻陈阿婆的肺部病灶已经初步钙化了。黄医生研究了复查X 光片，权衡之后，及时让她先停了药。但是，毕竟她钙化还不够充分彻底，

## 人生四季
### ◎求医季◎

在钙化疤痕下可能还有休眠结核菌存在。所以，黄医生便再三叮嘱，要努力加强自身的体质，避免肺结核复发的可能性。

陈阿婆的身体既是虚弱的，又是强大的。能够咬紧牙关扛过那几十年，就是一种奇迹；能够停药一段时间之后，耳朵就恢复了正常，这是一种奇迹；能够在钙化还不够充分彻底的情况下，几十年再也没有复发，也是一种奇迹。

陈阿婆退休之后，就随先生与女儿一家三口一起生活。无病一身轻的她，又恢复了年轻时的朝气蓬勃，就好像要把前几十年黄金时代的损失补回来一样。

在20世纪80年代末，将近六十岁的陈阿婆在女婿手把手地教授下，竟然学会了玩任天堂游戏机，时常与孩子对弈，屡败屡战，却毫不气馁。

后来，陈阿婆又迷上了日本的手掌游戏机，俄罗斯方块等游戏。这么多年来，已经更新了好几次游戏装备。

因为有了玩游戏机的基础，陈阿婆在外孙女的教授下，一用电脑就很快上了手，先是台式机，后来又是笔记本。游戏的品种也拓展到了连连看、祖玛等等。

有一次，陈阿婆对女儿说："我要休息一下不玩了，你接着玩好吗？"

女儿无意中瞄了一眼电脑显示屏，发现妈妈玩祖玛竟然玩到了两万四千多的高分。她顿时识破了老人家心里面的小伎俩，其实她自己是很开心打了高分，所以故意把页面停格在这里，希望孩子们看见。于是，女儿故意大惊小怪地极力夸奖，还把页面截屏保存了下来。

果然，一直习惯抿着嘴笑的陈阿婆忍不住咧开了嘴。有时候大力的夸奖和鼓励真的对老年人很有用，他们其实在心理上已经返老还童了。

再后来，陈阿婆开始顺理成章地玩上了智能手机，六寸屏的手机配上玫红的鲜艳外套和同色的手机挂带，时尚得真是不要不要的。

女儿陪着陈阿婆在理发店躺着洗头，她突然拿出手机刷了一下微信，把洗头小妹给惊到了："哎呀，我怎么都不敢相信您都已经八十多了，像您这

## 第二章　衰老，不可逆转的规律

样年纪的有几个会玩微信啊，我妈妈才五十多都不会弄呢。"

其实，陈阿婆真正把人惊到的，是在家门口的一家上海银行里。她在女儿的陪同下，走进银行的理财投资区域，购买开放式 T+0 理财产品。陈阿婆淡定地拿出玫红色外套的手机，对工作人员说："我的钱都在余额宝里面，现在余额宝利率没有一开始合算了，我每天早上醒来就先看手机上余额宝收益，越来越差了，所以我要换个品种，但前提是要安全的品种。"

接待陈阿婆的工作人员是位女孩子，她大为惊叹地说："我第一次看见八十五岁的老人玩手机支付宝！"一时间，旁边的工作人员纷纷抬起头来赞叹她，连大堂经理都跑过来凑热闹，夸奖陈阿婆了不起。

陈阿婆抿着嘴直笑，脸都红了，看上去真是一个很可爱的老小孩。

当然，陈阿婆的电脑可不仅仅是用来玩游戏的，她就如同一块吸水的海绵一样，不停地把电脑里的国际国内大事装进自己的脑子里，还时不时地在饭桌上对时事热点发表观点。

因为有了微信，她对新事物新思想，更方便吸收接纳了。陈阿婆的女儿习惯在与朋友小范围的聚会中带着她，有时候在卡拉 OK 歌厅，许多新潮时髦的歌曲，她一听就知道是谁的歌，简直与青年人、中年人都没有代沟。

在陈阿婆身上，早年曾经的严重抑郁症已经完全寻找不到痕迹了，即使在 2007 年先生因病先她而去之后，她也面对现实，坚强地挺过来了。

陈阿婆不仅仅是心理上的健康，身体上的健康也远远超过了同龄人。孩子们带着陈阿婆天南海北地旅游，她以将近耄耋之高龄走进了青藏高原，在海拔五千零一十三米的米拉山口，她呼吸自如，没有任何不适。

出发上高原前，女儿带她去上海中山医院高原反应门诊进行体检。通过胸片、肺功能、血常规、心电图等项目的筛查，医生在胸片上注意到了陈阿婆肺部的病灶钙化点，但医生表示老人的所有功能都非常健康，比年轻人还好，可以前行！

陈阿婆还随孩子们走出国门去了许多国家，有一次飞美国之前，专门到

## 人生四季
### ◎求医季◎

第九医院做了全面体检，一位姓金的医生感慨，年过八旬老人的身体居然像年轻人一样。

孩子们做美国自由行攻略的时候，在羚羊峡谷的行程上卡壳了。羚羊峡谷位于亚利桑那州南部鲍威尔湖边上，是世界上最著名的狭缝型峡谷之一，是柔软的砂岩经过百万年的各种侵蚀所形成的，视觉观感就如同丝一般爽滑的巧克力，这样的景点必去无疑。

但是，羚羊峡谷又分上羚羊谷和下羚羊谷，究竟选择哪一个羚羊谷呢？恐怕许多做攻略的人都纠结过。

两者相比较，上羚羊谷的优点是谷底相对宽广，而且是位于地面上的，进出游览比较方便，当然缺点是人头攒动。

而下羚羊谷则被誉为世上最怪异的二十大旅游去处之一，是由风沙和湖水雕琢砂岩而形成的一种非常惊艳的自然景观。下羚羊谷的风景远比上羚羊谷漂亮，透过峡谷，洒落在介乎于巧克力色和橘红色之间的岩石表面，显现出绮丽梦幻的迷人色彩，使得下羚羊谷成为众多摄影发烧友推崇的重磅景点。

但是，下羚羊谷之所以游客比较少，那是因为它处于地面底下，地势险峻，变化多端，需要爬金属楼梯深入谷底，进入的难度比较高。

所以问题就来了，陈阿婆能不能够承受令许多游客知难而退的下羚羊谷？孩子们收集了大量实景图片、视频，在家里投影仪上反复播放，进行可行性研究，最终陈阿婆一锤定音："我行！我能行！"

果然，在孩子们的前后保护之下，陈阿婆玩得兴高采烈。

随孩子们六上国际邮轮的陈阿婆，越活越年轻，越活越时尚，越活越健康！还多次写了邮轮游记，发上了穷游网，那张穿大红连衣裙配洋红大草帽站在游轮前的照片，获得了很多点赞。让我们衷心地祝福她老人家长寿！

# 第三章　疾病，难以避免的乱码

人食五谷杂粮，难免会头疼脑热，甚至大病大灾。如果，把人体比作一台设计精密的仪器，那么就可能发生 BUG 程序，不知道运行到什么时候，就可能会跳出来危害这台精密仪器的正常运转。人类的疾病，既有可能是先天的不可抗力，也有可能是后天的各种破坏力；既有可能是自身的内因所致，也有可能是自身之外的外因所致。

## 1. 在暖箱里想念妈妈的肌肤心跳

既然是一种 BUG，那么生病就不是老年人的专利，而是一出生就有可能面临的问题，甚至在娘胎里的时候，父母就得面对胎儿的各种缺陷。很多年以前，中国的一对著名影星夫妇，就曾面对尚在腹中的胎儿的兔唇问题，郑重地做出了自己的选择，并且勇敢地告知以大众。

2010 年 8 月，澳大利亚母亲 Kate 参加了电视访谈节目《今日今夜》，讲述了她用自己的温暖怀抱将已经"死亡"的儿子救活的故事。

2010 年 3 月，Kate 怀孕二十七周后早产了，她在悉尼的一家医院中生下了一对龙凤胎。其中的女婴 Emily 幸运地存活，而体重只有九百零七克的男婴 Jamie 出生后没有呼吸，医生对其进行了二十分钟的抢救后，无奈地宣告其死亡。

人生四季
◎求医季◎

　　Jamie 的"遗体"被交给他的父母 David 和 Kate。David 和 Kate 伤心欲绝地抱着自己的儿子，他们不愿意相信 Jamie 已经死了。Kate 温柔地抚摸着 Jamie，不停地对他说话。

　　这样持续了两个多小时后，奇迹发生了，怀中的 Jamie 开始显现生命体征，不仅突然有了动作，而且还有了呼吸和心跳。

　　医务人员立刻赶来抢救，终于让 Jamie 脱离了危险。Kate 尝试着给 Jamie 喂了一些母乳，这小家伙竟然开始正常地呼吸了。

　　创造了奇迹的 Kate，在《今日今夜》节目中讲述了自己用"母婴肌肤相亲法"，救活自己早产儿子的故事，这也就是澳大利亚人所称的"袋鼠育儿法"。

　　据医护人员分析，很可能是 Kate 将 Jamie 抱在胸口的动作挽救了他的生命。因为对于新生儿来说，与妈妈进行肌肤与肌肤之间的接触，最能够放松身心。在妈妈怀中，宝宝会觉得非常安全，呼吸和心跳也比较容易控制，开始被喂食后，消化食物的速度也会快一些。

　　产妇小金女士告诉笔者说，她印象中以前人家生孩子，宝宝都是统一在婴儿房里由护士管理的，现在都是跟大人在一个病房，感觉这样不好，因为她已经很累了，却不能很好地得到休息。

　　而赴美生子的盈盈则表示，可能因为采用了无痛分娩，整个产程非常轻松，并没有令她筋疲力尽。美国医生告诉她，母婴皮肤贴皮肤，和宝贝"心贴心"，用自己的体温温暖宝宝，用肌肤与肌肤轻柔的摩擦安抚宝宝，让他感到母亲的心跳，可使初次离开母体的宝宝有安全感，可以提高纯母乳喂养率，同时对促进产妇产后子宫恢复以及婴儿的健康有极大的功效。撇开科学角度来说，孩子生下来就在身边，那种感觉真好！

　　茜茜女士的"大卡"是建在 H 区妇婴保健院的，那里不像热门医院那样挤满了孕妇，医生态度不错，水平也还可以的，但就是硬件设施相对差一点。

　　茜茜女士是三十五周加两天的时候破羊水的，送到医院已经四分钟一次宫缩了，孩子生下来才四斤半。她说，只瞥到一眼婴儿的小屁股，医生说是

摄影:李钦连

个女孩。这一眼之后,茜茜女士就一直挨到十七天后,宝宝出院时才第一次看到她的可爱脸蛋。

茜茜女士的宝宝刚生下来,因为没有足月,所以就直接转到与H区妇婴保健院对口的X医院。X医院检查下来,说是心房间隔缺损三点三毫米,需要监护治疗,就匆匆住进了新生儿重症监护中心NICU。

当时,茜茜女士的丈夫先预付了八千元。X医院新生儿重症监护中心玻璃窗里面的窗帘都是拉起来的,隔着窗帘,隐隐约约只能看到大房间里是一排排的暖箱。虽然看不见新生儿,但是每天还是有许多父亲在母亲和婴儿处两头来回跑。执着地在NICU外面蹲守一会儿,想要给脱离母体就必须苦苦孤军奋战的宝宝传递一点点力量。

在每周二和每周五的下午,是家属集中接待日,大家可以去问医生自己孩子的情况。但是,这么多宝宝的家属,总的探望时长却只有半个小时。茜茜女士的女儿是周一出生的,周二接待日去问询孩子情况时,也问不出什么情况来。医生只是说,三天没来电话就不会有事,如果有大问题,三天之内就会打电话给家属。

茜茜女士全家忐忑不安地度过了两天。第三天,医院的电话打来了,她的丈夫立即手脚冰凉,脑子里一片空白。缓过劲来,才听明白孩子没出什么大事,医院来电话是让去付费的,因为医生要给孩子上PICC。其实当时他也没有听懂PICC是个什么东西,只是懵懵懂懂记得医生说这个管子是直接打到心脏上的,效果比较快。

茜茜女士告诉笔者,丈夫当时骗她说,家属集中接待日时,医院只接待父亲,不接待母亲。后来她才知道,也有许多母亲是裹得严严实实的去问情况的,然后在重症监护中心门外默默地流眼泪。

每次丈夫一回来,茜茜女士总是迫不及待地有许多问题要问。可是,丈夫带回来关于宝宝的治疗信息实在很有限,更多的是一些具体事务,比如,让送尿布啦,买小枕头啦。很多时候,主治医生都不在家属集中接待日露面

## 第三章　疾病，难以避免的乱码

的，而是由实习医生负责接待。

自从宝宝生下来后，茜茜女士总是很努力地挤奶、挤奶、再挤奶！她吵着想要把母乳去送给宝宝喝，丈夫难过地说，你以为我不想吗？可是新生儿重症监护中心的门上写着"谢绝母乳"，医院统一给孩子喝的是配方奶。

茜茜女士躺在床上反反复复地看一段视频：仅巴掌大的 Ward Miles，因为早产三个月而被全身上下插满了各种管子，但母亲或捧着他，或拥在怀里，或隔着暖箱凝视他，或温柔抚摸暖箱里的他。Ward Miles 的父亲是一名摄影师，他用镜头记录下了小 Ward Miles 在新生儿重症监护病房度过的一百零七天，并把它剪辑成五分钟的小短片，以纪念生命的奇迹。

茜茜女士说，小 Ward Miles 不是一个人在战斗，他的父母与他同在。茜茜女士看一遍哭一遍，想象着还没有打过照面的宝宝，心疼她的孤独无助！

瑷瑷女士挂的是 Y 医院的特需门诊号，她的孩子也是因为三十三周早产，生下来就因为黄疸需要照光，而被送进了新生儿重症监护室住了十二天。

但是，瑷瑷女士要比茜茜女士幸运得多。Y 医院规定，每天下午 2: 30，母婴可以在暖箱旁边享受宝贵的半小时哺乳时间。她说，也许是喜悦有些太突如其来了，让宝宝一下子还没有进入状态，母婴配合的热身尚未结束，可哺乳的时间就已经结束了，从来没有感觉半小时竟然是如此短暂。

有时候，瑷瑷女士期待了一天，好不容易等到了哺乳时间，满怀期望地想要给孩子吃个饱，奶胀也极为配合地一阵阵涌来，可是宝宝却完全不知道妈妈的期望，依然香甜地熟睡着。

因为这个缘故，瑷瑷女士好几次乳腺发炎导致发高烧。也有的母亲直接带上了吸奶器，孩子睡着了不能吃奶，就赶紧把奶吸出来。但是，往往这头顾得了吸奶，那头就顾不了与孩子亲热了。

瑷瑷女士的丈夫说，做父亲的也有一周一次隔着暖箱见宝宝的福利，虽然要排很长时间的队。

"每次可以见孩子多久？"

"一分钟。"

"一分钟？就是每周六十秒？"

"是啊，也还是没有看够，就要离开了。"

瑷瑷女士说，好在，每周有三天都可以打电话给医院，问问孩子的情况。其实，医院也挺不容易，产妇这么多，在管理上很难再开太多的口子。相信假以时日，一定会改善的。

## 2. 阿氏评分高分儿瞬间遭遇逆转

如今的医院，都会在婴儿出生后1分钟、5分钟、20分钟，对其体征进行检查测试评分。业内称之为阿氏评分，英文叫作 Apgar，对应每个检查项目英文单词的首个字母：肌张力（Activity）、脉搏（Pulse）、皱眉动作（即对刺激的反应）（Grimace）、外貌（肤色）（Appearance）、呼吸（Respiration）。

满10分者为正常新生儿，评分为7分以下的新生儿考虑患有轻度窒息，评分在4分以下考虑患有重度窒息。

这是新生儿从娘胎里出来后，获得的第一张成绩表。那么，对于获高分的婴儿，家长是不是就可以高枕无忧了呢？答案是否定的。

小豆豆出生时，啼哭响亮，脸色红润，样样都好，出生后1分钟、5分钟、10分钟的阿氏评分都是10分，好一个大满贯。

做父亲的高高兴兴地在外面购买儿子的诞生礼物，突然接到妻子电话称，儿子因为新生儿肺炎被医生送进了重症监护室。他立马掉转车头，赶到医院时，儿子已经不在他母亲的身边了。

这三次阿氏评分不都是大满贯吗？怎么就转眼成了新生儿肺炎呢？小豆豆的父亲万般不解。

医生解释说，阿氏评分是判断孩子在宫内或者是出生后是否有缺氧窒息的情况，而新生儿肺炎是孩子出生后由于各种因素引起的肺部炎症，这完全是两个概念。

小圆圆出生时的阿氏评分也很高，1分钟、5分钟、10分钟的评分，分别是9分、9分、10分，看上去虎头虎脑的，十分精神。

但是，在给小圆圆喂奶时发现他极不配合，母亲以为孩子学习吃奶可能需要一个过程，也就没有在意。可是，母亲在第三天给小圆圆喂奶的时候，发现他突然四肢用力伸直了一下。

小圆圆的家长们也不太明白这是什么症状，但是总觉得好像不太正常，便去咨询了病房医生。

没有想到，医生来查看了一番之后，说是新生儿惊厥，竟然送小圆圆去做了64排脑CT，最后诊断为新生儿缺血缺氧性脑病。

小圆圆的家长们感到挺纳闷地，这阿氏评分也不低啊，什么时候就弄得缺血缺氧了呢？

后来，小圆圆的病情并没有怎么发展恶化。如今已经三岁多了，似乎也没有任何症状，但那个诊断却一直梗在家长的心头，非常担忧什么时候会显现后遗症。

小妮妮出生后的阿氏评分，分别是9分、10分、10分，这是一份令家长比较欣慰的成绩单。

然而，出院没有多久，小妮妮却常常长时间地哭闹。焦头烂额的小爸爸小妈妈尝试着用各种排除法，发现既不是尿了屙了，也不是饿了渴了，或者冷了热了，总而言之就是查不出什么原因来。

小夫妻在朋友圈经过各种请教咨询，总算获得了一个"肠绞痛"的医学名词，但他们一一对照着看，又发现不像。

于是，只好抱着小妮妮去医院就诊。医院给她做了头颅核磁，显示含水量较高，头颅B超显示颅内陈旧性出血。小妮妮的父母怎么也搞不明白，这陈旧性颅脑出血，究竟是什么时候造成的？

三个月后的检查显示，小妮妮肌张力低下，全身松软，显然这是脑瘫的症状。

如今，小妮妮已经三岁多了，但是还不能独立行走，反应也比同龄的孩子要迟缓得多。

## 3. 有些病只需要呵护不需要就医

既然人是一台设计精密的仪器，所以就必须要小心对待。对于婴儿而言，尚处在走合期，更需要大人的精心呵护。

才出生十几天的小轩昂，脖子上像是戴上了个大红项圈，有些地方还出现了渗水，孩子则难受得哇哇大哭。

小轩昂八十多岁的太婆婆说，以前小轩昂的爷爷小时候也发生过这种情况，自己在家里涂抹一些紫药水就好了。那会儿，家庭小药箱里红药水、紫药水是必备的，对于皮肤浅表的溃疡和感染，紫药水是家庭的首选用药。

小轩昂爷爷则不太确定地说，印象中记得紫药水容易致癌，现在家庭好像已经普遍不使用了。

但是，现在的孩子可不是当年的孩子了，是独苗的独苗，可不敢掉以轻心。小轩昂的父母双双都是80后，他们认为颈部大面积发红，而且产生渗水，说明已经发生感染，可能必须使用抗菌素。于是，大惊小怪地去了医院。

排队整整六个小时，才轮上看病，可医生才两分钟不到就打发了他们，配了一大堆外用涂抹的药水、药膏。

我请一位王姓儿科医生点评了小轩昂这个案例。

王医生认为，其实小轩昂颈部皮肤发红这个问题，根本不用去医院。这样不仅给人满为患的医院儿科造成压力，也让婴儿增加了交叉感染的机会。

王医生解释说，因为小孩太小，尚不能做到昂起头。而婴儿本身颈部的位置相对较短，再加上有些婴儿比较肥胖，又特别容易出汗，所以颈部皮肤折叠在一起，不容易透气。皱褶的皮肤特别容易发红，时间长了甚至会溃破。

## 第三章　疾病，难以避免的乱码

王医生提醒家长，只要平时多注意一点，经常采用合适的姿势，让婴儿颈部自然撑开，使皮肤的褶皱部位时常得到透气的机会。在婴儿熟睡的时候，也可以采取在颈部垫一些细软干纱布的方式，帮助吸收汗水。婴儿醒着的时候，则经常用婴儿湿巾轻轻擦拭，再用柔软棉巾揎干。此外还要注意，千万不要给婴儿过分保暖，婴儿的睡床也不要垫得太厚实。要知道，婴儿比大人容易出汗。总之，尽量让婴儿颈部保持清洁干燥，一般就能避免发红、溃破。

其实，也就是说，在小轩昂还不能昂起头的时候，大人帮助解决一下透气和吸汗的问题，就OK了，根本就不需要什么药物。

盈盈在美国出生才几天的小Will，双眼经常流眼泪，特别多的分泌物黏结在眼角，而且眼角处的皮肤都已经有些发红了。

盈盈曾经在育儿书里看到过关于婴儿鼻泪管不通畅的文章，文章里写道："由于婴儿鼻泪管很细，有时甚至粘连，影响眼睛所产生眼泪通过鼻泪管回流入鼻子吸收，残余眼内的眼泪中水分蒸发留下类似黏性分泌物的眼泪溶质。"

但是，小Will是不是属于鼻泪管堵塞呢？网上一咨询，有些人说这是因为宝宝上火了，也有些人说是因为宝宝过敏了。

一位新浪实名认证的医生发表微博称：【婴儿泪管堵塞怎么办】建议首选泪道插管手术。泪道疾病是儿童常见眼病。我们科室对于各种复杂、严重的泪道疾病有丰富的治疗经验。具体请参照我们的网站××××××××。

一位叫司马南的新浪微博大V发表微博称：帮我开车的小伙子长得人高马大，但每次说到儿子表情就有点变化。儿子才几个月大，在哈尔滨某医院"通泪腺"，据说这是一个过去在门诊分分钟完成的小手术。但是，现在必须住院，必须配合检查一大串项目，抽一大管子血，连梅毒检查都不放过。结果手术三分钟，花了两千多元，另送医生麻醉师红包若干。

著名网络大V方舟子则评论：婴儿泪管堵塞很常见，我女儿几个月大时也有过，国外医生一般建议顺其自然（热敷可能有帮助），因绝大多数会逐渐自愈，我女儿也是几个月后好了。国内医生大都建议动手术，连几个月大的宝宝都不放过，利益驱使。

面对众说纷纭，盈盈一时有些吃不准了。是不是该去医院让医生查查？或者用点婴儿眼药水、眼药膏？或者真的需要手术？

好在，小 Will 外婆的微信群里有一位上海的眼科教授黄医生。她将孩子的症状描述给了黄医生，还发了照片。

"应该是婴儿鼻泪管不通畅而导致的，估计问题不大。先暂时不用看医生，也不必用药，尤其不需要使用任何抗生素，更不需要手术治疗。你们可以尝试用药棉或柔软纱布，轻柔地按摩婴儿鼻根处的双眼内眼角，每天三次、每次十秒，就会好起来的。有问题再及时问我。"黄医生表示。

黄医生不愧为德艺双馨的眼科教授，按照她的指示按摩，仅仅两天之后，小 Will 眼角的分泌物就减少了许多，又过了几天，小 Will 眼角的烦恼一扫而光。

而《京华时报》也曾经报道：

"林女士最近有点烦，自己刚满月的宝宝每天早上起来眼睛边上糊满了眼屎，一直以为是宝宝上火了，去医院一查才知道原来宝宝是患了泪囊炎。"

北京大学人民医院眼科副主任医师李明武表示，新生儿泪囊炎是由于排泄泪液的泪道、鼻泪管堵塞而引起的，由于鼻泪管下端的胚胎性残膜没有退化，阻塞鼻泪管下端，泪液和细菌积聚在位于内眼角皮肤下的泪囊里，从而继发感染。约 2%~4% 的足月新生儿有这种残膜存在，大多数可在 4~6 周内自行萎缩。

恰当的按摩可以解决大多数宝宝的泪囊炎，方法是由鼻根往鼻头方向按摩泪囊及鼻泪管，增大管道内的压力，促使残膜穿破。不过，如果按摩没有明显改善的话，可带宝宝去医院进行探通术。

## 4. 不吃药打针输液等待孩子自愈

小宇翔是"独二代",他的父母则是"独一代"。

"独二代"小宇翔的外公外婆结婚时,恰好遇上了"只生一个好"的独生子女政策,而且就在这"独一代"孩子的成长过程中,他们白天要上班,晚上要到夜大补习,所以只能被迫开启隔代抚养孩子的模式。

等到他们拿到大学文凭时,"独一代"孩子也早已经不是婴儿了。可以说,因为特定的时代,他们轮空了抚育婴儿的整个过程。

在他们家里,深受隔代长期娇生惯养的"独一代",虽然生理上早就断了奶,而在心理上却从来没有断过奶。两个80后奶娃子,一转眼就结了婚生下了"独二代",华丽变身奶爸奶妈。

但其实,对于做爸爸妈妈,"独一代"是手足无措的。于是,他们家隔代抚养的模式被继承了下来。并没有太多抚育婴儿经验的外公外婆,仓促上岗,其实也是手足无措的。

出生才三个月的小宇翔,突然鼻子塞住了,喝奶的时候呼吸很困难,还流鼻涕,貌似感冒的症状。外公外婆慌了,急着把小宇翔带去医院看病。到医院小儿科挂了号,一看前面的叫号还有三百多人。

心急焦虑中挨过了分分秒秒,数小时的排队却只换来以分秒计算的诊疗。又是排长队付费,取药,结果发现医生只开了"羟甲唑啉喷鼻剂",其他啥药都没有。

"什么感冒药都没有开,孩子流鼻涕,那就说明有炎症,既不消炎,又不抗菌,整个看病与我们连对话也都没有几句,这医生也太敷衍病人了!"外公外婆气不过,找到医院门诊办公室去投诉。

"你们说,我们医院的医生在整个看病过程中,与你们没有几句对话,这我们相信!你们说,排队几小时看病两分钟,这我们也承认!你们反映的是客观事实！你们心里有怨气也很正常，我们非常理解。"这接待投诉的医务人员真是不错，非常善于化解医患纠纷，仅仅几句话就让小宇翔的外公外婆心平气和起来。

"其实，我们医生也想与你们多沟通几句，但是，你们也看到了，我们医生面临的压力，一天要看这么多病人，如果在每个病人身上多耽搁几分钟，可能会导致后面的病人来不及看，你们在排队的时候也是希望快一点轮到的。不是吗？"

"病人多，看得快，没时间多沟通，这些我们都能理解。我们现在不能接受的是医生对病人在处置上的敷衍了事。"

"我们关键还是要分析医生对病人的处置究竟对不对，是不是敷衍了事，你们说是吗？"接待人员看了病历，又了解了孩子情况后说，"通常婴儿发生鼻塞和流鼻涕的症状，一般不需要服药打针，尤其不需要服用抗生素。可以用婴儿吸鼻器去洗净鼻腔中的鼻涕，吸鼻器很便宜，也很容易操作。或者用棉签蘸一些生理盐水，动作轻柔地清理鼻腔也可以。所以说，医生没有给你们开过多的药，这一处置方式是正确的。但是他可能与你们的沟通还不够，说得不够清楚，这是我们要教育医生今后改进的。当然，我们家长还是需要密切注意观察，看看小孩子的睡眠状况和饮食状况有没有什么异常，如果发现小孩子拼命要睡觉，或者情绪非常反常地烦躁，甚至出现高烧等情况，那就得立即来看急诊。"

一番话，让小宇翔的外公外婆心服口服。如果接待人员都像这位工作人员这般和颜悦色，那么中国的医患关系怎么可能尖锐得起来呢？

小宇翔的外公外婆照着做了，没几天宝宝的鼻塞和流鼻涕就都好转了。以后，小宇翔偶尔有个鼻塞和流鼻涕，外公外婆既不急着带去医院看病，也不急着用药水，而是用这个清理鼻腔的老办法，屡屡奏效。他们又把这个经验分享到微信朋友圈，许多小朋友的家长照着做，也觉得很有效果。

笔者注意到，2016年初，上海澎湃新闻网发表了题为"上海儿科门诊的

## 第三章 疾病，难以避免的乱码

一天：日看逾百名患儿，最快两分钟医生也遗憾"的报道：

每年冬季都是沪上儿科专科医院门诊量饱和季，但今年已出现极端高峰状态。

元旦期间，四大儿科特色医院接诊数超过四万七千人次。复旦儿科医院门诊急诊管理办公室主任昨天介绍："自去年12月以来门诊量维持高位，12月上旬8000人次/天，中旬8500~9000人次/天，下旬8000~8500人次/天。截至1月14日17点，当日门诊量已达到7329人次。"

笔者主张，诸如门诊办公室、急诊办公室等医院行政部门应该关口前移，积极主动化解患者及家属疑虑，缓解一线医生的工作和精神压力，最大限度改善医患关系。

小宇翔两岁半的时候，随外公外婆去美国探望正在那里留学的父母，恰好又发生鼻塞和流鼻涕了。外公外婆依然是边呵护边观望，鼻腔也清理了，水分也加强补充了。但是，老办法居然不管用了，最终小宇翔发起了高烧，这是他来到人世间的第一次发烧。

这下全家都紧张起来，赶紧送去儿童医院急诊。美国医生诊断是病毒性感冒，但仅仅开处方让家长去超市购买退烧药，没有做任何的处理。只是嘱咐时刻关注孩子的体温，多喝水降温，多休息。

小宇翔的父母和外公外婆从媒体上多多少少知道，美国输液管得紧，便退而求次之，问医生能不能开点抗生素。

"No! No! No!"美国医生把头摇得像拨浪鼓一样，他解释说，"这种感冒病毒只能在人体内存活五到七天，根本不需要服用抗生素，非但对治疗疾病没有帮助，反而会损害胃肠道。"

"那么，能不能开点感冒药？"小宇翔的家长再退而求次之。

"No! No! No!"美国医生还是把头摇得像拨浪鼓一样，他说，"美国法律规定，幼儿不能服用感冒药。"

三天下来，小宇翔的症状没有任何改善。家长们坐不住了，再次前往医院。

美国医生说:"不用做任何处理,这只是病毒性感冒的一个过程而已,宝宝很快就会自己痊愈的。接下来宝宝可能还会咳嗽一段时间,大约持续一到两星期,这也是病毒性感冒的一个正常进程,只要咳嗽不太厉害,也不需要服用任何药物。"

小宇翔的整个病毒性感冒病症,在美国医生的坚持下,硬是没有服用一滴药水、一片药片,最终在规定的进程中自愈了。

是小宇翔遭遇了不负责任的医生,还是美国医生对患者真正负责?据笔者后来的了解,美国医生确实普遍如此处置儿童病毒性感冒,这是对患者负责。而且,笔者从日本医生那里印证到,美国医生和日本医生在这一点上理念是一致的。

一位叫"蘑菇小梅"的网友,她家十四个月大的宝宝因为发烧两天而去看了儿科急诊,但是医生一下子给患儿开出了"头孢克肟颗粒""氨酚伪麻那敏分散片""喉咽清口服液""利巴韦林喷剂""小儿柴桂退热颗粒"五种药。

做家长的一时不知所措,印象中知道应该拒绝抗生素,但是面对医生处方又不敢轻举妄动。情急之中,将病史处方发上新浪微博,艾特了实名认证的著名儿科医生崔玉涛:"医生你好!麻烦帮忙看看里面哪些药是没必要用的,跪谢!请指导一下我们该如何拒绝抗生素。"

崔医生认真负责地回复了小孩子家长:"如果是病毒感染、疱疹性咽峡炎、轮状病毒性胃肠炎、病毒性感冒、流行性感冒等,都不需抗生素治疗,也不需抗病毒药物,比如病毒唑等治疗。这些病毒在人体内存活大约五到七天。治疗主要是对症,等待自愈。退热,尽可能多进食水(预防和纠正脱水,保证营养)等。用药多也会增加孩子的不适。"

摄影:李钦连

## 5. 宝宝便秘或腹泻的症结在哪里

如今，许多家庭都采取了让小朋友在外公外婆、爷爷奶奶家两头轮流住的方式。但是因为两家的文化和生活方式不同，带养方式也会不同，由此也会引发两亲家之间一些观念上的冲突。

小琦琦是周一到周四住在奶奶家，周五到周日住在外婆家。

奶奶发现，小琦琦每次从外婆家回来，大便就成问题。她时常坐在儿童便盆上迟迟拉不出来，好不容易拉出来了，却又干结坚硬得很。

小琦琦的奶奶很清楚问题的症结在哪里，却又万般无奈。她说，是外婆家的饮食结构使然。所以，每次小琦琦一来，奶奶总是千方百计在饮食上给予调整，绿豆粥，面食里面加许多切碎的蔬菜，不时地补充水果汁、蔬菜汁。可是，好不容易大便干结的问题缓解了，就又得面临外婆家那成问题的饮食了。

"她外婆家居然给这么小的孩子吃巧克力什么的，红枣桂圆汤什么的，还说在他们家大便挺好的。可是，他们没有想过，到他们家大便好，是因为我们这边调理得好啊。而一到我们家大便就不好了，那都是因为在他们家乱吃东西造成的恶果。问题出在他们家，却显现在我们家。"小琦琦的奶奶很无奈。

一岁多的小诗意，问题也是出在大便上，只不过不是便秘，而是腹泻。

小诗意每周日到周四是住在外公外婆家，周五和周六则到爷爷奶奶家住两晚。

小诗意的外婆发现，每次宝宝从爷爷奶奶家回来，周日当晚就会发生拉肚子的情况。周一赶紧到医院看，医生开出单子一化验，大便里全是脂肪球。

医生说，这是荤菜吃得太多了，超过了小孩子的消化承受能力。医嘱禁食，但是给禁食期间的孩子开出了电解质和葡萄糖，同时加以必要的水分补充，以保证机体的正常需要。

## 第三章 疾病，难以避免的乱码

小诗意的发现，对于小儿腹泻，一直有禁食派和非禁食派两种观点。

禁食派认为，小儿患急性腹泻时，由于小肠黏膜发生问题，需要恢复功能，而且因为消化酶的活力减低，使小肠对营养物质的消化和吸收功能都会严重下降。

在这种情况下，要是继续再按正常状态按量喂养小孩子各种食物，则会进一步增加已经出现问题的消化道的负担，使得病情越发加重。特别是上吐下泻的小儿，按正常状态喂养食物之后，不仅难以正常吸收，反而会加重呕吐，并且上吐下泻，会导致电解质缺失，从而造成严重脱水等情况。因此，腹泻期间短期内禁食，可以使肠道得到相对的休息，这样有利于胃肠功能的恢复。

而非禁食派则认为，孩子已经上吐下泻，再没有食物补充进去，会造成孩子虚脱，不利于康复。所以，除非是严重呕吐不能进食外，急性感染性腹泻均可继续进食。但是，哪怕是非禁食派也主张对食物要有所选择，不能食用油腻、辛辣刺激、过甜的食物，以免加重腹泻的程度。

小诗意的外婆四处请教相熟的医生，反复斟酌，最后折中了禁食派和非禁食派的意见。对小诗意采取不禁食，以喝白粥为主，逐渐加以清淡饮食，待肠胃恢复功能并且巩固之后，再添加适量易消化荤菜，循序渐进。

通常经过几天调理，到了周五，小诗意的大便就稍稍成形正常了，也算是基本痊愈了。

然而，周五晚上小诗意被接到爷爷奶奶家，外公外婆也不好意思给对方下指令，千叮嘱万叮嘱，只强调说是医生的意思。爷爷奶奶也是客气地应承着。

但是，当丰盛的菜肴摆满桌子时，已经一周远离大鱼大肉的小诗意自然对之垂涎三尺，心痛万分的爷爷奶奶自然是给予百分百的满足。

"哎呀，也不知道外公外婆在搞什么搞？弄得我们小诗意这么可怜。吃吧，吃吧，想吃什么，就吃什么！哪有这么多的讲究啊！"奶奶说。

"是啊，他们夸张得不得了，这个是医生说的，那个是医生说的。事实上哪有他们说得这么严重啊？每次到我们这里来，大便不都是好好的嘛，怎么一到他们那里就拉肚子啊，还不是穿衣服太少受凉了呀！"爷爷说。

大鱼大肉之后的小诗意，总是在周日晚上快快乐乐地回到了外公外婆家。周日的当晚或者半夜就开始腹泻，形成了恶性循环。小诗意的腹泻越来越厉害，最终被迫进行了输液。虽然外公外婆原则上不主张给小孩子输液，但是医生说，如果吃什么吐什么的话，说明严重脱水，则必要的时候还是需要输液的。

于是，两亲家的私下抱怨也越来越厉害。外公外婆抱怨对方没有科学育儿理念，而爷爷奶奶则抱怨对方过度治疗。但是，实实在在受害的却是孩子。

后来，外公外婆想办法找了个借口，把孩子带到外地去居住了一段时间，等孩子彻底调养好了，消化道不再那么脆弱的时候才回来。用外婆的话来说，就是总算遏制住了小诗意的周日腹泻综合征。

## 6. 有一种冷就叫作你奶奶说你冷

关于给孩子穿衣服的问题，小诗意的外公外婆和爷爷奶奶的观点，也是相差十万八千里。

外公外婆秉持"小孩子要比大人少穿一件"的理念，这是他们从国外翻译过来的育儿书上得来的概念。外公外婆自忖没有办法说服爷爷奶奶，便将图书馆里的书借出来送给爷爷奶奶去看。

爷爷奶奶虽然表示看了，但显然是没有效果的。小诗意总是在两亲家的交接中，瞬间就变换了季节。

入秋之后，天气开始渐渐凉爽。但是，往往有时候会出现短期回热气候，这就是人们常说的"秋老虎"。

那一天，"秋老虎"发威，闷热难熬。可是，爷爷奶奶给小诗意的穿着却是大约在冬季，里面穿了长袖长裤不算，外面还穿了保暖的摇粒绒外套衣裤。

## 第三章 疾病，难以避免的乱码

交接那一刻，外公外婆看见小诗意的脸蛋，成了红彤彤的小苹果，头发还湿成一绺一绺的了。外婆顺着头颈部，摸了一下后背，发现内衣已经都湿透了。

"哎呀，里面内衣全部湿透了，是不是穿得太多啦？"外婆心里很是着急，但是她尽量让自己的语气显得婉转一点。

"不多，不多，到底秋天不能和夏天比的。现在出汗是因为她刚才在皮啊，我已经给她垫了一条吸汗巾了。"奶奶赶紧回答，她最头痛的是亲家母总是要给孩子脱衣服。

外婆最讨厌吸汗巾这种东西，不知道是谁发明出来的。既然出汗了，那就说明孩子是太热了，这时需要的是脱减衣服，而不是吸汗巾。美其名曰叫吸汗巾，其实不就是等于又给孩子添了件衣服嘛！

两亲家每次交接孩子时，外婆最忍不住的一句话就是："是不是穿太多了呀？我们小诗意热不热啊？"而奶奶最忍不住的一句话就是："是不是穿太少了呀？我们小诗意冷不冷啊？"

犹如接头暗号一般，虽然双方都是客客气气询问的口气，但是她们内心的答案都是铁板钉钉的。

通常，奶奶接走了小诗意，转身就给她添衣裳或者包裹起来。而外婆接到了孩子，转身就给她脱减衣服。彼此都心知肚明，彼此又奈何不得。

这一次，外婆没有给小诗意脱减衣服，只是解松了外套，因为怕已经汗流浃背的小诗意，在室外被风一吹会着凉的。

在车上，外婆发现小诗意无精打采的，一摸她额头，居然滚烫滚烫的了。家也不回，直接去了附近的一家外资私立医院。一量体温，已经是40℃了。医生批评她，说不该让孩子穿这么多，还帮着脱去了摇粒绒的外套，说这是捂出来的毛病。

背上黑锅的外婆有些恼火，一个电话就把刚刚分手的亲家母给招来了，想让她听听医生的批评。但是，亲家母赶来的时候，那位医生却离开了，她

97

人生四季
◎求医季◎

看见小孙女身上的摇粒绒被扒了下来，不由得大惊失色：

"哎呀，外套脱掉了呀？刚才她皮得满身是汗的呀，会不会是在外面吹到了风，才着凉的呀？"

"不可能在外面吹到风的，是到了医院之后，医生让脱的，还说这病是捂出来的。"外婆赶紧澄清。

"噢，是吗？"奶奶听了，就不吭声了。

后来，小诗意的发烧演变成了重症肺炎，在儿童重症监护室折腾了十来天才出院。

但是，奶奶从来就没有吸取过教训，也许她压根就不相信这病真的是捂出来的。

小诗意家的亲家之争，还算是比较含蓄的。而小雨芃家的婆媳之争，就有些针尖对麦芒了。

小雨芃的母亲觉得，孩子是我的，我的孩子自然是我做主。然而，奶奶觉得，小雨芃是我的孙女，跟着我家姓，不听我家的听谁啊？

为了小雨芃的衣服穿多穿少，婆媳俩斗得不可开交，可出发点又都是为了孩子好。

后来还是婆婆改变了策略，不再干涉儿媳妇给孩子的穿衣政策。每天儿媳妇送孩子去了幼儿园，婆婆总是尾随其后，见儿媳妇离开幼儿园赶去公司，便堂而皇之进入幼儿园为小孙女添衣。

婆媳俩关于小雨芃的穿衣之争，总算偃旗息鼓，告一个段落了。

那年冬天，小雨芃母亲的公司搞嘉年华活动。她临时回家，拿晚上客串角色的演出服，路上打了个电话告诉家里，让奶奶别去幼儿园接孩子了，她一会路过就顺便接回家。

她在教室门口一站，看见小雨芃像个圆桶一样滚出来，做母亲的简直不敢相信自己的眼睛，为什么孩子的身上又多了两件厚厚的毛衣？裹得如此严严实实，连行动都不灵活了！她伸手一摸小雨芃的背脊，发现全是汗，便质疑老师:"这是怎么回事?"

老师坦言:"是小雨芃的奶奶坚持要求这样做的,我们幼儿园也实在没有办法。"

小雨芃的母亲闻听此言,几乎晕倒!她想:难怪我女儿三天两头就要感冒发烧,原来是被奶奶捂出来的!

一场婆媳大战是不可避免的了!最终的结果是,小雨芃的奶奶眼泪汪汪地搬回家住了,接替她的是小雨芃的外婆。

## 7. 免疫部队呆呆看细菌部队肆虐

小康康三岁了,这孩子原来身体一直是好好的,头三年几乎也没生啥病。但是,自从进入幼儿园开始,头疼脑热的小毛小病,就紧追着小康康来了。

上幼儿园的第一个星期,感冒君就与小康康握上了手。第二天放学回到家里,小康康就拖着鼻涕还不停地打喷嚏,晚上就发烧了。爸爸妈妈赶紧带他去医院,挂急诊看病。输液,抗生素,前前后后受苦了一个多星期,后面还拖了两个星期的咳嗽。

等小康康再去幼儿园上课,已经是开学第二个月了。过了大约两周,感冒君又找上了小康康。又是输液,又是抗生素,前前后后又折腾了一个多星期,又拖了两个多星期的咳嗽。

等小康康再去幼儿园上课,已经是开学第三个月了。没想,还是过了大约两周,感冒君算是盯上了小康康。还是输液,还是抗生素,前前后后还是折腾了一个多星期,还是拖了两个多星期的咳嗽。

就这样,小康康幼儿园小班的第一个学期,就是在两周上课、三周生病的交替中度过的。

冬令季节,是成年人进补的季节。小康康的爸爸妈妈却忙着给儿子进补,牛初乳啊,合生元啊,连冬虫夏草都用上了,可小康康却依然动不动不是感

99

冒咳嗽，就是拉肚子。

放了寒假，全家带着小康康飞去了美国，要给这孩子全面体检一下，看看究竟是出了什么问题。

他们去的是美国一流的医院，找的是华人医生，医生一看之前的病史处方，再加上对中国小皇帝的生活习惯比较了解，立即就判断出了小康康身体的问题症结。

"现在中国的家长，普遍对孩子呵护过了头，上幼儿园之前户外活动少，接触外人少，生活在家里极为干净的环境里。孩子缺乏接触细菌的机会，自身的免疫功能完全没有用武之地，或者说身体里这支部队完全没有操练出来。"医生说。

"缺乏接触细菌的机会？"小康康的父母对这种观点一无所知。

"是啊。你们看，农村的孩子，还有国外的孩子，从小就在野地里跌打滚爬，与小动物零距离，这使得他们很早就有机会接触各种细菌，身体就对这些细菌有了识别力，并且练就了强大的战胜细菌的免疫功能。为啥农村孩子的营养虽然没有城市孩子的好，可身体却要比城市孩子的身体结实得多呢？接触细菌的机会多，调动自身免疫功能抵抗细菌入侵的机会也多。和平时期的部队没有战争时期的部队勇猛，这是一样的道理。"医生说。

小康康在家里时，从餐具到衣服，都是与大人分开，单独洗涤，单独消毒。如果从小到老，一直都能保持这样的生活环境，可能倒也无妨。可是，人总要接触社会的。小康康走出家门去幼儿园了，那就要与几十个孩子亲密接触，吃喝拉撒睡在一起。这几十个孩子，就是几十个家庭背景，不同的家庭成员，携带各种不同的细菌。

小康康身体里那支部队从来没有遭遇过这种架势，难免抵挡不了败下阵来。但败下来就败下来，一回生，两回熟，多操练操练，这支部队也就能打仗了。

可是，每每在这节骨眼上，一支庞大的抗生素雇佣军从天而降，虽然横冲直撞勇猛无比，但往往没有杀死敌人，却损坏了身体里各种设备。

而小康康自身那支靠边站的部队，傻呆呆地看着抗生素部队五花八门地厮杀，傻呆呆地看着抗生素部队留下一片硝烟弥漫的废墟离去，傻呆呆地看着细菌部队自己寿终正寝，又傻呆呆地看着新的细菌部队想来就来，长驱直入，仿佛这支部队不再是武装守卫的免疫部队，简直是要变成宾馆门廊前迎客的门童。

小康康的家长终于明白了，要治这个如同病秧子一般的小身子，先得调动操练自身的那支免疫部队。

## 8. 网络导致青少年"三手病"高发

寒假过后，刚迎来四年级的第二个学期。十岁的小学生小迪发现，自己在做作业时，拇指居然完全用不上力气了，而且手腕又酸又痛。

小迪虽然不懂医学，他不知道自己的手是得了什么病，但是他心里很清楚为什么会得这个病，那是因为整个寒假昏天黑地玩电脑、玩手机造成的。

一开始，小迪并没有惊动家人。因为父母亲一直批评他用电脑、手机过度，小迪不想被逮着这个拿来说事。他想着休息几天，就会慢慢恢复的。这样，神不知鬼不觉就瞒了过去。

好在作业这事有好朋友帮衬着，可以应付过去。但是，学校里弄出了开学摸底测验，班主任老师从小迪做试卷的姿势发现了不正常。

"你的手怎么了，为什么这样写字？"班主任拿起试卷一看，书写明显不到位。

"我手疼，使不上力气。"小迪说。

"什么时候开始的？"班主任问。

"好几天了。"小迪说。

"那你这两天的作业是谁帮你做的？"班主任意识到了不对头。

## 人生四季
### ◎求医季◎

……

知道儿子的手出问题了，小迪父母赶紧带着儿子到大医院去就诊，医生说这是"三手病"。

小迪父母开始还以为是手足口病，后来才听明白，所谓"三手病"，就是"鼠标手""手机手""游戏手"的统称。顾名思义，就是因为打游戏、玩手机过度而造成的。

医生说了一大堆专业名词，关节啊，腱鞘啊，肌肉啊，神经啊……

小迪父母文化程度不是太高，有些云里雾里的，只听得说要手术治疗。他们也顾不得责骂小迪，赶紧去付费，由医生安排手术。

十六岁的小浩博，在手机上聊天时，感觉比专业发报员速度还快，往往一个人面对四五个群，也从容有余。如今，互联网下朋友粘连度高，小学群、初中群、高中群、学围棋的群、学画画的群，连当初只读过一个学期就转学的那个初中，也是人走茶不凉。小浩博始终在群里面熟络得很。

小浩博也是一个寒假下来，拇指疼痛不堪，到医院一检查，说是因为拇指同一个活动姿势的力度比较大，或者是时间过于持久，或者是输入速度较快，得了腱鞘炎。腱鞘炎是指肌腱与外围的腱鞘出现发炎的现象，也就是通常所说的"手机手"。因为中小学生正处在骨质增长期，所以非常容易得"三手病"。

小浩博比小迪幸运的可能是病情程度不一样吧，医生没让他做手术治疗，而只是做了几期理疗，就感觉好多了。从此，他手机聊天就再也不敢拼速度了，悠着点，慢慢聊。

二十四岁的睿瀚已经是公司职员了，平时工作节奏很紧张，玩游戏总是不够尽兴，这次他抓住五一长假，酣畅淋漓地大玩了一场。

睿瀚酣畅是酣畅了，但是悲剧也跟着来了，他的手腕和大拇指动一动就疼。医生说，这是典型的"游戏手"，通常在寒暑假或者法定长假之后，是青少年高发阶段。

医生给睿瀚采取了复方倍他米松注射液局封治疗，似乎效果不错。但是医生也说了，康复的关键还在于患者自己，千万不能再让手的局部部位重复简单动作过于持久。

## 9. 壮实小胖墩步入"小糖人"队伍

七岁的小波波生下来的时候，体重才两千五百克，看上去皮包骨头的，家里人开玩笑说，就像生活在旧社会一样。

弄得波波奶奶心疼得不行，在儿子面前，对儿媳妇好一顿埋怨数落："我炖乌骨鸡她不肯吃，烧老母鸡她也不肯吃，鳝筒煲她不吃，牛蛙煲她也不吃，就是吃，也都是蜻蜓点水吃一点点。"总而言之一句话，小孙子的瘦，都是儿媳妇挑食惹的祸。

先天不足后天补，从小波波满六个月吃辅食开始，奶奶就全面掌控了宝宝的伙食料理。当初，宝宝在他妈妈的肚子里，奶奶使不上劲，只能隔着肚皮干着急，总不能摁住儿媳妇的头硬塞进她嘴巴里去吧。现在，宝宝出了妈妈的肚子，一切都好办了，正是奶奶大显身手的时候。小波波的奶奶坚信，事在人为。

小波波每次吃饭都要分三部曲，先是坐在婴儿餐椅里吃，奶奶大口大口地喂。待小波波吃得节奏不太爽气的时候，就抱出来让他玩，奶奶总是趁他玩得开心时，往他嘴里塞一口是一口。等小波波玩的时候也不肯张嘴了，奶奶就会使出撒手锏，拿出之前故意藏匿起来的他最爱吃的菜，虽然他已经很饱了，但看见喜欢的还总会张嘴吃几口。

就这样，奶奶把小波波当作北京填鸭那样，塞！塞！塞！功夫不负有心人，小波波终于初显小填鸭姿态，白白胖胖起来了。

每每看见小波波在同龄孩子群里胖出了一大圈，壮壮实实的，奶奶心里那个万分骄傲自豪啊，我容易吗？硬是把个小瘦子喂成了小胖墩。

103

## 人生四季
### ◎求医季◎

从上了小学起,小波波的胃口越来越大,一天到晚喊嘴巴干,但是人却突然消瘦了下来,而且看上去没有精神。一直非常在意小波波胖瘦的奶奶,第一个注意到了问题,但她还以为是孩子上学太辛苦所造成的。

"你们小波波怎么最近瘦了很多啊?"小区里的邻居关心地问起。

"是啊,我们小波波自从上了学,人是瘦了很多。我想,主要是小孩子上学太辛苦了。人这么小,每天作业都做到很晚,压力实在太大了,整天无精打采的。不过,他虽然人瘦下来了,但是胃口倒是没有减下来,而且是越来越大了,这倒也让我放心的。"奶奶说。

"哎呀,如果胃口越来越大,人却越来越瘦,那就要注意是不是得糖尿病了呀。"邻居提醒说。

"糖尿病不都是老人才得的嘛,哪有小孩子得糖尿病的啊?"奶奶不以为然。

晚上,小波波的奶奶在饭桌上提起邻居的话,当然,是持批判的观点。小波波的妈妈上心了,在网上搜索了一下,这才意识到事态有些严重了。

第二天,家里专门给小波波请了假,带去医院检查。医院的排队是漫长的,听听前后左右小患者的家长介绍情况,都和小波波对得上号。奶奶的心里直打鼓,到医生的结论出来时,她整个人都瘫软了!

得了糖尿病,按照目前的医疗条件,小波波就得终身用药了,奶奶心里那个后悔呀!

笔者注意到,辽宁《半岛城报》以"肥胖超重成儿童糖尿病发病主因"为题报道称:有关调查显示中国糖尿病人近1亿,已成为世界上的糖尿病第一大国。以往多在中老年人群发作的糖尿病,如今矛头指向了少年儿童甚至婴幼儿;同时孕妇也成多发群体,相当比例的青年人也步入"糖尿病前期",在患病边缘摇摆。

笔者一位相熟的医生说,现在的青少年和儿童,过分青睐荤菜,较多食用高热量、高脂肪的油炸食品,少食蔬菜,而且各种锻炼的机会又少。所以,造成儿童身体内脂肪的过度堆积，成为糖尿病发病率上升的主要诱因。

## 10. 亚健康状态普遍困扰青年人群

　　三十五岁的平平是一家广告制作公司的部门经理，长年累月加班加点地工作，精神上一直感觉非常疲惫。

　　于是，每逢法定长假，而恰好又不需要加班的时候，平平就毫不犹豫地说走就走，抓住一切机会到户外去接触大自然。都说，这是换一种生活，也算是劳逸结合。

　　但是，中国的上班族，其实并没有真正拥有休闲意义上的长假，有的只不过是在人山人海之中，拼体力到此一游而已。

　　平平他们这样的年轻人，是不屑于跟随旅游团出行的，自驾游是他们的首选。

　　在铺满各式车辆的高速公路上蜗牛般爬行数小时，平平的车却还没有能够驶出上海边界，而坐在副驾驶位置上的太太，也只能在微信上晒出高架停车场的风景。

　　开开停停，总算驶近景区了，平平就被工作人员喊停了。因为景区里面的停车场老早就满了，而景区外面的临时停车场，也已经启用到了第四临时停车场。

　　这就意味着，平平他们还没有看到风景，就必须开始漫长的徒步了。好不容易进入景区，也就是人紧挨着人的挪动而已。每一张单独的照片，都能拍出大合影的效果来。

　　到了晚上，当平平瘫倒在旅馆床上的时候，感觉自己整个人都要散架了。可是，这才是第一天，接下来等着他们的，还有六天的旅程。

　　离开家，去寻找诗歌和远方的路，是"堵、堵、堵"。回家的路，也是"堵、堵、堵"。对平平而言，每一天，都是一个字，累！

## 人生四季
### ◎求医季◎

　　轻松和灿烂的微笑都留在了微信上。长假后的第一个工作日，平平带着一身的疲惫，"精神抖擞"地出现在了办公室。平平的部下们发现，好山好水好空气和农家的新鲜蔬菜，却没能阻止顶头上司嘴角两边爆发出规模庞大的水泡。

　　平平的太太认为这是内火太重的缘故，于是充满爱心的绿豆百合汤、胡萝卜汁、蔬菜汁轮番让丈夫灌下去，但是却丝毫不起作用。

　　很快地，平平感觉自己嘴角有些发麻，而且这种发麻的感觉在蔓延。难道是心脑血管疾病？是中风的先兆？他不敢掉以轻心了。

　　在医院里转了几个科，最后在皮肤科被确诊为疱疹。医生说是带状疱疹病毒感染引起的，这种病不是外部皮肤受到感染，而是人体疲劳之后，免疫力下降，内部神经受到病毒感染。医生让平平连续吃半年的阿昔洛韦药片，一天五次。一次五片，这样的节奏，感觉几乎是整天把药当饭吃。

　　五年多过去了，平平也摸出了规律，每当自己感觉疲惫的时候，嘴角就会预先报警了：小水泡，微微发麻。只要及时调整工作，好好补充睡眠，休息好了，不用阿昔洛韦也会慢慢消退。但是，有几次因为重任在身，没法调整休息，只能硬撑着，结果嘴角就立即发作给他颜色看：小水泡会演变成一大片水泡，发麻的区域也会扩大，必须用阿昔洛韦才能慢慢控制。

　　平平笑着说："也好，得了这种病，就像自带了减压报警阀，一报警就立即减压。我太太的上司英年早逝了，所以她提醒我，健康比工作更重要！"

　　二十八岁的菁菁是一名会计师，她的工作就是整天对着电脑屏幕看数据、做报表。时间一长，眼睛就经常有干涩的感觉。于是，菁菁就会习惯性地拿出眼药水来滴一两滴，她的眼睛顿时感觉非常舒适。久而久之，眼药水就成了菁菁粉红坤包里的必备之物。

　　有一天，菁菁终于发现这一点就灵的眼药水似乎不太管用了。眼睛不仅干涩得难受，还有些痛痛的感觉，关键是看电脑屏幕时越来越模糊了。菁菁拿出坤包里的小镜子一照，感觉仿佛自己刚刚看过一场悲伤的电影，眼睛居

摄影：李钦连

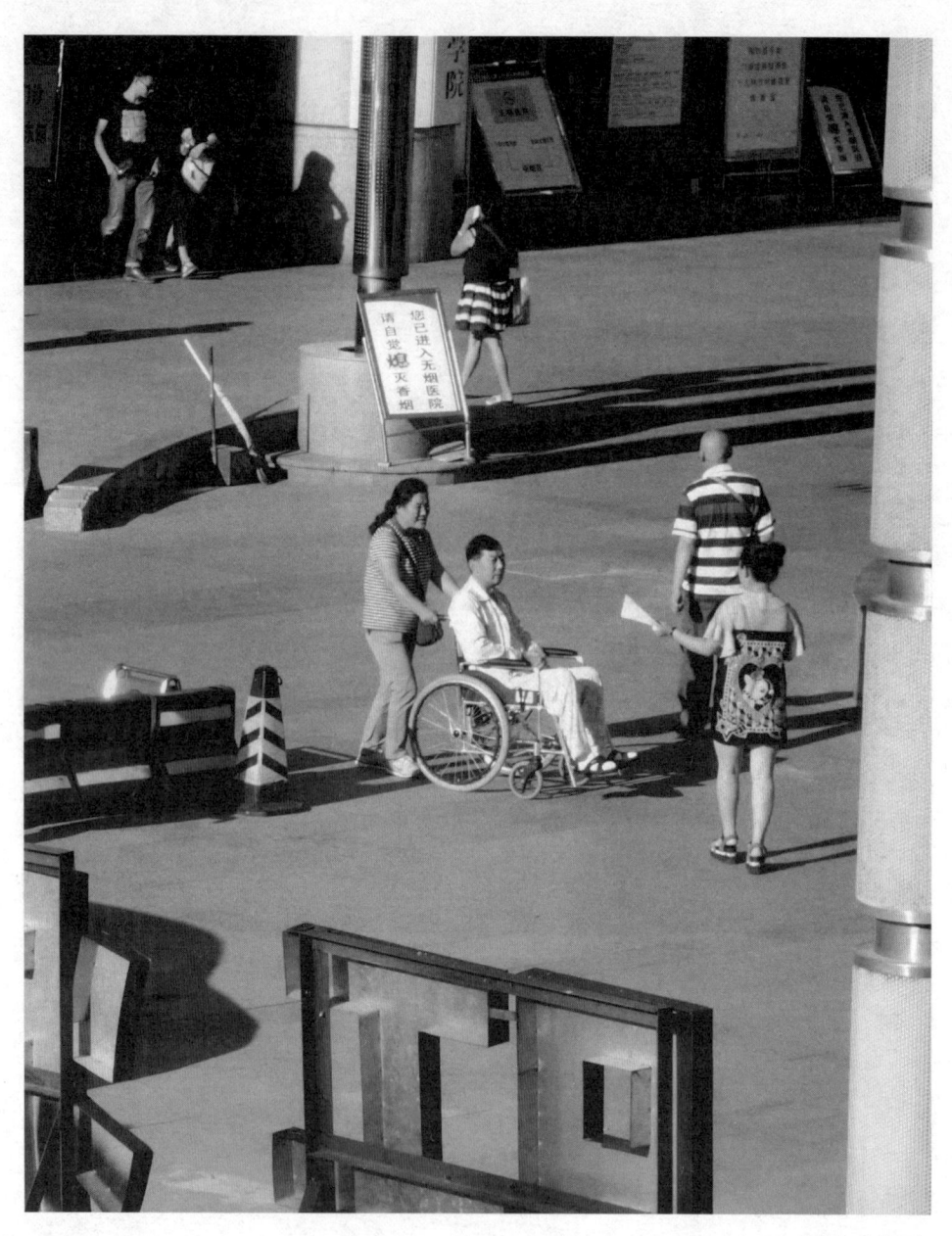

摄影：李钦连

然像小兔子一般红红的。

赶紧到医院一看，医生告诉她，这都是滥用眼药水惹的祸。医生说，由于眼药水中大多含有防腐剂，会使眼睛中的结膜杯状细胞发生损伤。如结膜杯状细胞受损的话，人就会患上干眼症，眼睛发红、干涩或者疼痛，这样会导致越点眼药水，眼睛越干疼。

笔者注意到，据《中国新闻网》2016年3月29日题为"老年病年轻化 中青年亚健康眼者不在少数"的报道中称，由于过度用眼、滥用药物等不良用眼习惯，患"飞蚊症"等眼疾的年轻人近年比例趋高，二十至四十岁人群中，八成患有亚健康眼。

## 11. 心脑血管病不再是老年人专利

三十岁的杰杰是电视台编辑，他说，这是一个"把女人当男人用，把男人当牲口用"的行当，天天过着"夜总会"般的生活，就是夜里总是有会要开。

在夜宵中反复讨论研究落实领导的指示，好不容易在烟雾缭绕中结束会议后，不是可以打道回府休息了，而是坐在屏幕前，泡一杯浓茶或者浓咖啡，通宵达旦地改、改、改！

杰杰已经不记得是从什么时候开始的，脑袋总是隐隐地胀，隐隐地痛。心想也许是因为总熬夜的缘故吧，反正自己年轻，等忙过了这个档口，好好睡睡觉就会恢复的，也就没有在意。其实，就是想在意，也是没有时间。

后来，台里组织了体检，杰杰这才知道自己患了高血压病，高压160，低压100，从此必须长期服药。

笔者注意到，加班，熬夜，夜宵，浓茶，咖啡，成了杰杰生活中的关键词。

据央视报道，根据最新的中国高血压年会点差数据显示，目前中国已有

109

## 人生四季
◎ 求医季 ◎

三亿左右高血压患者,每年新增高血压病达一亿例,而且呈现年轻化趋势,二十五至三十四岁年轻男性中高血压患病率超20%!每年有三百万人死于心血管病,但年轻人对高血压并不重视!

笔者了解到,年轻人得心脑血管病,主要是集中在白领阶层。缺乏良好的生活方式,生活节奏非常紧张,工作上的压力又非常大,长期超负荷运转,这些都是导致年轻白领心脑血管疾病高发的重要因素。

年轻的IT从业者杨雷,因为脑溢血而失去了正常的生活和工作。他设想自己买台高配工作机,把以前的技能熟练起来。能够做一个不到公司上班的编外员工,定期给他工作量,他保质保量地完成。他不要求多高工资,甚至不要求买保险,还可以让公司免费试用一个月。

根据采访要求,杨雷发来了一段很长的文字,笔者决定全文采用:

2014年12月21日,周日,原本是一个十分平凡的日子,但对我而言,却变成一个一辈子都不能忘却的日子。

由于之前的劳累,在床上已沉睡一天两夜的我,被尿意惊醒。然而却发现起不来,只能自己就在床上乱动,以至于摔到床下。

还在睡觉的同事,发现我坠地后,问我有问题没有?我也没多想,认为不会是啥大问题,可能就是睡久了,欠活动而已。

同事把我抬上床,结果又一次坠地。我发现,我左半边身是真的动不了了。同事急了,拨通了120。

我闭眼躺在地上,等着120的到来。我意识到,我真的摊上大事了,就叫同事用我的手机通知我父亲。被抬上担架后,我便昏迷了过去,后面的事就是听父亲及同事谈到的。

到医院做CT后,确诊右脑出血60ml。后来查询资料得知,30ml以下可保守治疗,30ml以上应积极手术。

当父亲知道后,立即订了当天的机票,由于手术需要家属签字同意,所

## 第三章　疾病，难以避免的乱码

以父亲以短信的方式委托我的老板陈总全权代理签字。

当父亲半夜赶到医院后，发现医院并未手术。第二天父亲找到科室主任，坚决要求手术。科室主任安排再次CT复查后，同意于下午手术。

期间，我不知道父亲什么时候到重症监护室见到我，也不知道谁对我说了一句"杨雷，你爸来了"。

"爸，对不起，又让你辛苦了。"我醒了，只说了一句，然后就又昏睡过去。

不知又过了多久，感觉自己飘在黑暗之中，看见一个很亮的东西。又有人在呼唤我的名字，我就向上坐起，然后我就醒了。

看见护士拿着电筒照我的眼睛，医生围在病床周围。他们告诉我，我得了脑溢血，已经手术成功了。然后做了一些简单的交流与对答，我的医生基本确定我的智力和思维没啥问题。

很久没有写东西了，最近一年多心理变化和波动都太大了，生生死死，马上又是一年过去了。我写写我这一年的，也想记录一下最近的一些思路想法。

自从那次人生变故以后，我由满怀信心，慢慢地失去信心，然后到彻底放弃，最后很多次想放弃自己的生命。

人生经历了最黑暗的时段，每日混沌度日，吃饭睡觉等死，或者主动寻死，可是我最终还是没死。

每当站在楼顶、河边，真心没有勇气跳下去。也不敢想跳下去后会怎样，到时候亲者痛、仇者快，父母白发人送黑发人，成了新闻中的失孤父母。

虽然每次都又重新走了下来，但一直没能走出残疾的阴影。每晚一个人在床上默默哭泣，几乎夜夜都会哭湿枕头。

也并非发生了什么惊天大逆转，让我想通了。但我就是在这样的哭泣日子中，慢慢习惯了自己的现状，自己的一切，一只手穿衣，一只手洗澡吃饭，一只手做着一切。

没办法，要不然马上死，马上死不了就只能好好活下去。有时候和家人出去散散步，坐父亲的车出去溜达。

## 人生四季
### ◎求医季◎

每天晚上也不是只回味负能量,而是思考怎么好好活,我要去做点什么。有的朋友说做点什么生意,思来想去,想出一个,然后又自己否定一个。

直到有一天,有一个朋友说你要干你喜欢的。我喜欢的就只有我的老本行,我想了想没了左手按键盘,不能操作命令,效率实在是太低。

然后又是很久的日子,慢慢地,我想我右手右脚是好的,我试着练练右脚按键盘吧!自从我生病不能工作后,我心里就一直特不甘心,不甘如此,不甘了此余生。虽然我不能做出啥惊天地泣鬼神的事,但我心中的不甘让我就是想去试试,试试不一定成功,但不试,啥也不做肯定啥也没有,依旧在家啃老,只是吃饭等死。

于是,我下定决心要干这事,以前同事加朋友帮我做了实验,常用键就那么几个,用脚按起来完全没问题。

然后就是工作,去公司里上班基本不可能。我这个小县城没有那么高大上的 BIM 公司,我也只能在家上班。我设想公司每周给我派任务,我按时保质保量完成,工资可以低于正常水平。这样的模式虽然很多公司不一定能接受,但试一试,说不定有那样的公司呢!

哪怕最后灰头土脸,我最多就亏一台电脑钱。我不愿继续啃老向家里伸手,于是找了一群以前的朋友,每人借一千或五百,六七千的电脑钱很快就筹到了。我承诺 2017 年底前还完欠款,就算到时候真的还没能找到工作,厚着脸皮叫我父亲帮我兜着,也不是太大问题,我就赌这口气了。

以往写点小文章,总是还要注意一下凤头猪肚豹尾,想写好一点,但现在都觉得那东西太虚了,写自己的东西,哪怕是流水账也无所谓。

不论我愿不愿意,我的残疾人生就此开始了。别人再惋惜,自己再怎么不愿,又如何?已然如此,我只能尽量地去过好眼下的这种生活。

以往的我,总是想奋斗,想做一番自己的事业出来。现今的我,不甘,只能用此不甘,去拼得一个更好的残疾人生。

虽然不一定能够笑着走下去,但我希望我老了以后能够轻唱:我曾经跨过山和大海／也穿过人山人海／我曾经拥有着一切／转眼都飘散如烟／我曾经失落失望／失掉所有方向／直到看见平凡才是唯一的答案……

2016年7月17日，杨雷在他的微博发出了感谢信，表示他求职的心愿已经达成，感谢所有关心过他的朋友！

## 12. 宫颈糜烂不是病不是病不是病

三十五岁的龚女士在一家看上去高大上的民营医院进行了全套体检，结果被查出得了宫颈糜烂。

龚女士大为惊讶，她一向都是比较注意个人卫生的，而且自己也没啥感觉，怎么就会宫颈糜烂呢？

医生很和蔼，他告诉龚女士说："宫颈糜烂是一种十分常见的妇科疾病，大约有20%的女性有不同程度的宫颈糜烂。得病原因嘛，可以是女性不注意个人阴道卫生引起的，或者是性生活不洁引起的。但是，有些女性她很注意个人卫生，性生活也是非常注意，却也得了宫颈糜烂，那可能是生孩子时或者人流时留下的隐患。还有一种情况，就是女性自身身体条件较弱，免疫功能比较差，那就特别容易遭受细菌侵袭。比如说，有些细菌在别人身上可能根本没啥问题，可是在免疫功能差的人身上，宫颈就受感染了。"

医生真的很耐心，他说着拿出一套图片给龚女士看，并给她一一解释："这张是正常的宫颈，你看黏膜很光滑，而且是呈粉红色状态。宫颈糜烂并不是真正意义上的糜烂，是慢性宫颈炎的一种表现形式。这张是Ⅰ度宫颈糜烂，肉眼都能看出来它炎症的样子，这张是Ⅱ度宫颈糜烂，看得出来它比Ⅰ度宫颈糜烂的炎症面积又扩大了一点，你现在就处于这个阶段。再发展下去，就是这张图片的样子，属于Ⅲ度宫颈糜烂。

"至于你说自己没啥感觉，那么我告诉你，等到你有感觉了，那就来不及了。我们医学界把宫颈称为哑巴器官，它宫颈三分之二处是没有痛感神经的，只有靠近子宫根部一点点的毛细血管是有痛感神经的。所以说，Ⅰ度和Ⅱ度宫颈糜烂，病人基本是感觉不到的，等到疼的时候，已经是Ⅲ度了。所以女性容易忽视宫颈糜烂，最终往往酿成大祸！

"喏，你再看看这张图，我们医学界把宫颈病变分为五个阶段：第一阶段是轻度宫颈糜烂，也就是Ⅰ度宫颈糜烂；第二阶段是中度宫颈糜烂，也就是Ⅱ度宫颈糜烂；第三阶段是重度宫颈糜烂，也就是Ⅲ度宫颈糜烂；第四阶段是宫颈癌恶变前；第五阶段就是宫颈癌了。"

"哦，那现在我该怎么办呢？"龚女士被吓着了，着急地问医生。

医生说："我们可以为你进行LEEP刀治疗，这是国内目前比较先进的治疗宫颈疾病手段。LEEP刀技术是采用一系列形态各异的高频电波刀治疗宫颈病变的技术，这种技术可以连续切除宫颈癌发病高危区，有效预防宫颈癌，使用它手术安全、有效，不需住院，并发症少。"

看龚女士有些犹豫，医生又诚恳地说："宫颈癌它整个发展过程特别快，到了宫颈癌晚期，病人就是想治疗，恐怕医生也回天无力了。梅艳芳知道吗？她就是得宫颈癌死的。这个我们要跟你说清楚，有些骗人的医院，它啥病都敢拍着胸脯说包治，那叫谋财害命。我们得实事求是告诉病人，医院不是万能的，有些病它到了一定阶段，治不了就是治不了，这个不能骗病人，让病人还存着幻想在你这儿花钱，结果是人财两空。"

与先生通了话之后，龚女士告诉医生要回去商量之后再决定。

回到家，先生看龚女士神色阴郁，便劝她说："放心，宫颈糜烂不是病，不会有啥大事的。"

龚女士开始还以为先生只是劝慰自己而已，没想到他已经在网上查了一大圈了，还保存了一大堆的网页：

新浪实名认证北京协和医院妇产科副教授/副主任医师张羽在微博称：宫颈糜烂这个医学名词，早被移出了妇产科学教材，按照所谓糜烂面的范围，将糜烂分为ⅠⅡⅢ度的方法，也早已随之消失。随着医学进步，宫颈那种细颗粒状的，略微发红的外观并非让人生厌的糜烂，而是"宫颈柱状上皮异位"，它是生理变化，不是病。如果没有宫颈病变，不要为了切除所谓的糜烂面进行LEEP。

新浪实名认证妇产科医生、中国妇产科网创始人、沃医妇产名医集团联合创始人龚晓明医生的微博上，有十九条涉及"宫颈糜烂"的微博，都是反复强调传递一个信息：宫颈糜烂不是病，不是病，不是病！

早在2012年，龚晓明医生就以北京协和医院妇产科医师的身份，在博客上发表"宫颈糜烂——一个过时的疾病"，大致说：

我是一个妇产科大夫，写本文是因为有很多的女性至今仍然在被很多医院和医生诊断为宫颈糜烂，甚至进行着治疗，但是事实上宫颈糜烂这个病其实不是病，是一种生理现象。

【什么是宫颈糜烂】

宫颈糜烂曾经是一个困扰了很多女性的疾病，去做体检，几乎十有八九会被诊断为宫颈糜烂。

要谈宫颈糜烂，可能还是需要从医生的教育开始谈起。中国医学专业学生的统编教材，在2008年之前的《妇产科学》上，宫颈糜烂一直是作为一个标准的疾病存在的，甚至有谈到它的临床表现、诊断和治疗。但是实际上，那是一个错误的认识。中国的妇产科学，和国际脱轨了多年。在之前妇产科大夫，把宫颈生理期出现的宫颈的柱状上皮外翻当作是一种病理现象了，所以加以诊断。在2008年，本科生的第七版《妇产科学》教材，在其前言中明确表示：要和国际接轨，重视知识更新……不断更新临床诊断治疗标准。例如取消"宫颈糜烂"病名，以"宫颈柱状上皮异位"生理现象取代。所以从那个时候开始，国内是应该要取消"宫颈糜烂"这一诊断的，但是由于不少医师知识更新缓慢，尽管是在本科生教材修订这个诊断以后五年，仍然有很多医师在诊断"宫颈糜烂"。

宫颈糜烂，说到底，实际上是过去对宫颈的一种正常表现的错误认识。

**【临床表现】**

正常的生理现象，没有什么特殊的临床表现。

有些人可能会有接触性出血的表现，但是只是宫颈的个体差异，就像有些人嚼点硬东西，牙齿或者嘴巴就会出点血，是可以理解的。

这里需要提一下宫颈炎，如果有白带增多、发黄，有异味的情况，这些是宫颈炎症的表现，是在宫颈感染了以后出现的症状。宫颈肥大，也是宫颈慢性炎症的结果。

**【需要治疗吗】**

如果理解了前面提出的内容，就不难理解所谓的"宫颈糜烂"，其实是正常的生理现象，不需要进行任何的治疗，现在如果一上网查询到诸多治疗宫颈糜烂的方法，都是错误的。

**【需要定期检查吗】**

宫颈的定期检查是必要的，这个不是为了预防宫颈糜烂，是为了预防宫颈癌。

**【不治疗会发展为癌症吗】**

宫颈癌的发生和人乳头状瘤病毒（HPV）的感染有关，有些所谓的高危型HPV，在宫颈鳞柱交界区持续感染的时候，容易发生癌前病变和宫颈癌。宫颈癌自从有了宫颈刮片以后，死亡率有了大幅度的下降，关键就是提前预防和治疗。目前推荐二十一岁以后的女性应该每年进行一次宫颈刮片的检查，在三十岁以后，可以联合HPV进行检查，如果连续三次HPV和宫颈刮片检查都为阴性，可以间隔时间延长到三年一次检查，到六十五岁以后可以停止筛查。

**【对生育有影响吗】**

理解宫颈糜烂是生理现象的话，也就意味着这不会对生育造成影响的。

## 【为什么那么多的医院还在治疗宫颈糜烂】

如前所说，国内对于宫颈糜烂的观念的改变是2008年以后正式写入教材的，但是还有很多医生没有了解和学习这个新概念，还在诊断和治疗宫颈糜烂。

现在社会上令人气愤的是，不少不良医院，用宫颈糜烂这个名头来作为吸引病人来妇科门诊的招牌，让健康人去一查一个宫颈糜烂，紧接着就是上药、输液，甚至LEEP、激光都上，动不动治疗费上千上万，成为典型的过度治疗的手段。我们希望有更多的公众意识到这个问题，避免被过度治疗。

# 13. 小叶增生与乳腺癌没直接关系

五十六岁的秀女士在体检中发现有患乳腺癌的可能，忧心忡忡地去挂了蔡振鑫医生的专家门诊治疗。选择这位医生，是因为听到前不久刚动乳腺手术的邻居大赞。在漫长的排队等候中，秀女士听到了老患者对蔡医生赞不绝口："耐心仔细，医术高超，医德高尚……"蔡医生为秀女士仔细检查了一下，然后说："放心吧，你没有啥事，只是小叶增生而已，不用担心的，也不需要吃药，过半年再复查就可以了。"

卢女士四十岁左右时，每次例假前乳房总是针刺般疼痛，自己一摸，还有个肿块，赶紧到医院就诊。但是，医生检查下来，说只是小叶增生而已，问题不大。

卢女士告诉笔者，为她看病的这位医生叫秦悦农，很有医德，她姐姐和母亲都是在他这儿看病动手术的。当时，卢女士的姐姐被查出乳腺癌，但是不太愿意接受乳房切除手术，还怀疑医院过度医疗。秦医生没有丝毫不悦，还是极为耐心地介绍病情，诚恳地分析利弊，终于说服了患者，也赢得了患者的敬重。

后来，卢女士的母亲感觉乳腺异样，立即就想到了秦医生。老人也被查出浸润性乳腺癌，秦医生为她做了结节清除和腋下淋巴清扫手术。

# 人生四季
## ◎ 求医季 ◎

到了四十五岁左右，卢女士小叶增生的症状愈加厉害。每次例假前两周，乳房就开始如针刺般疼痛，一直要持续到例假来才消停。

作为一个有乳腺癌家族史的女性，卢女士不敢掉以轻心。虽然秦医生已经调去了其他医院，但是卢女士还是一路追随其到新的医院。检查下来还是小叶增生。但是，这次秦医生给她开了药，让固定吃一段时间。

几个疗程下来，卢女士多次问起秦医生自己会不会也是乳腺癌，需要不需要开刀。秦医生总是告诉她，没有癌症迹象，也不需要开刀，作为乳腺癌的高危人群，定期做检查即可。

到了五十岁上下，卢女士的小叶增生居然缓解了，渐渐地没有感觉了。

笔者在一些商业气息较浓的网站上，多次看见这样一张乳腺癌的演变过程图：小叶增生→乳腺增生→乳腺囊肿→纤维瘤→恶性肿瘤→乳腺癌！

2016年6月23日，《钱江晚报》报道称："小叶增生不是病，更不会恶化成乳腺癌。"

"小叶增生在内的乳腺增生，其实从严格意义上来说，并不是病，和乳腺癌也没有直接关系，女性们千万别过于紧张。"杭州市中医院乳腺外科主任徐海滨一语道破所有女性的担心。

事实上，在乳腺门诊中，有一部分人完全是因为小叶增生去就诊的，医生开不出药。

乳腺增生是指乳腺上皮和纤维组织增生，乳腺组织导管和乳小叶在结构上的退行性病变及进行性结缔组织的生长，原因主要是由于内分泌激素失调。这是一个统筹的概念。

小叶增生只是乳腺增生中最常见的一种，是乳腺生理性的一种变化，十个女性中有八个乃至九个都患有增生，程度不同，不分年龄。一般女性会在例假来之前，乳房胀满疼痛，严重的在走路时晃动都会疼。但是例假来潮中，这种胀痛会缓解，有的还会消失。下次例假来潮前，又会出现这种周期性的变化。

"激素的一种变化，不是病，毕竟例假结束又正常了。"徐海滨说，"然而很多人总是把平常的乳腺增生和乳腺癌联系起来，这是两条独立的线，没有直接关系。"

## 14. 肛肠病得由靠谱肛肠医生诊治

李阿姨平时习惯上厕所时拿着手机，长时间地坐在马桶上翻屏。她偶尔觉得肛门口有些微痒和细微的异物感，便去三甲医院的肛肠科就诊，医生检查后说只是轻度外痔，无须手术治疗，只需要热水坐浴即可缓解，还医嘱要改变不良的大便习惯，增加食用纤维性食物以保持大便通畅，同时禁食刺激性食物，比如吃辣的，或者喝酒。

这医生是忽悠患者吧？李阿姨不乐意了，她追问："既然你确诊是外痔，可为啥一不手术，二不配药呢？"

医生很耐心地解释说："肛肠专业关于痔疮治疗的三大原则就是：无症状的痔无须治疗，不能'见痔就治'；有症状的痔，无须根治；痔疮以保守治疗为主。总而言之，痔疮治疗是以非手术治疗为主。"

过了几个月，李阿姨便后用厕纸擦拭的时候，发现有点便血，以为就是这个外痔所引起的，也就没有加以重视。

正在此时，某莆田系医院发生了缝肛门事件，各方争论得非常厉害。

产妇爱人称："妻子分娩后，麻药过后，肛门剧痛，肛门一圈都是黑线，疑是因红包原因被助产士报复缝肛门。"

当事助产士称："是发现产妇外痔严重并且出血不止，是为了防止危险，才为其做了痔疮'结扎'止血处理，而且也没有收费。"

医院称："助产士好心帮孕妇做免费痔疮手术。"

因为缝肛门事件众说纷纭，诉讼多年来，法律上至今尚没有生效判决对这一事件的性质做出认定。所以，笔者在本文中不对此案进行展开。

比较好奇的李阿姨，却沉进去一路跟随了"缝肛门派"和"痔疮手术派"的观点，她认为自己本身就是一个外痔病人，所以比较有发言权。

一开始，李阿姨的观点是比较倾向于"痔疮手术派"一方的，她认为是"缝肛门派"误会助产士了。

"缝肛门派"有个著名的观点：助产士以及医院都坚持表示产妇得的是严重的外痔，而且用针线缝扎的是肛门部位，也就是得外痔的位置。那么问题就来了，只有内痔才有可能发生便血，而外痔是不出血的。所以，产妇是不可能发生出血不止这个问题，当然也不可能需要做止血处理。

李阿姨觉得，"缝肛门派"这个观点有问题，谁说外痔是不出血的呢？我就是外痔，虽然我以前肛门是不出血，但是最近就经常痔疮出血啊。

为了佐证自己的观点，李阿姨真的去图书馆翻阅了有关痔疮的教材，同时也了解一下自己外痔的情况。李阿姨万万没有想到，她在最权威的《外科学》教材查到，外痔恰恰是不容易出血的。《大肠肛门病学》的表述则是"外痔不易出血"，而《现代医院诊疗常规（外科、妇产科分册）》干脆就直截了当地表述"外痔是不出血的"。

既然专业书籍都认为外痔是不出血或者不容易出血的，那么自己的外痔怎么是出血的呢？是不是病变了呢？

李阿姨有些害怕了，赶紧又到原来治疗外痔的肛肠科去检查。医生说，她的外痔并没有发展得更严重，而且外痔是不可能出血的。

根据李阿姨的描述，医生为她做了仔细检查，最终确诊她患了早期肠癌。医生说，幸好发现及时，治疗及时，才没有酿成大祸。

李阿姨说，是缝肛门事件这个新闻救了她的命。不是因为对这个事件的争论，她根本就不可能知道"外痔是不出血的"，那么也就不可能这么及时地去医院检查。

作为过来人，李阿姨似乎有许多经验要与笔者分享，她拿出手机照片说，医学教科书肛肠手术章节中是如此表述的：实施痔疮手术前，必须先排除肛裂、肛乳头肥大、直肠息肉、直肠脱垂、肛门尖锐湿疣、肛乳头癌、肠癌、肛周神经性皮炎、胃肠道出血等九种临床症状与痔疮症状极为相似的疾病。

笔者在一本《常见肛肠病图谱》中看到了这些与痔疮极为相似的病例彩色照片，作为一个外行，看上去全是肛门处有一坨血红的凸出物，还真是一头雾水，从图片上简直难以做出区分。

新浪实名认证中日友好医院肛肠科主任医师王晏美医生曾经在他的微博强调：痔疮可以暂时不治，但便血就一定要治。

2016年7月26日，王晏美医生发表微博称：

"作为患者，治疗过程越省事，越省时，就会越被青睐。殊不知，世界上万事万物都是相对的。刘女士痔疮很严重，网上说，"微创"（PPH）方法好，她就去了。刚做完，前几周效果还真不错，但好景不长，术后三个月，又完完全全恢复了原样，才两年不到啊，今天不得不再次接受手术治疗[泪]。这真是微创啊，连病灶都没有伤着[偷笑]。还没有完，既然叫微创，本来应该没有什么不良反应才对，可是呢？微信公众号"肛肠经典"的问答截屏说，当然这还算轻的。可以负责任讲，痔疮的所谓"微创"疗法，大多属忽悠[吃惊]。这几行文字算是集中回复那些经常来求"微创"的患者。"

**问答截屏：**

"请教王主任，我是2016年7月7号在××医院做的痔疮PPH手术，7月15号出院，肛门一直有坠胀感，好像有东西，很痛苦，麻烦指导！"

王晏美医生回复称："PPH的术后问题很多，坠胀还不算大问题，由于时间尚短，不好确定是吻合口炎症，还是钛钉刺激，可以先吃迈之灵、上太宁栓看看。"

2016年8月3日，王晏美医生又在微博转发了一个PPH手术案例的问答截屏：

"去年7月10日做PPH手术，手术成功，术后排便正常，目前每天早上定时排便。便后清洗干净。但是今年1月以来，几乎每个月都会发生肛门内肿痛、酸胀、刺痛、有便意、湿热的感觉，每次去医院找主刀医生复诊，都说手术成功，肛门内很好没有异常，然后开一些痔疮膏和栓剂同时中药坐浴，用药后症状会缓解。前天换了家医院找专家看，专家说有多个钛钉裸露，导致反复发作，并说以后肯定会反复发作，让我只要稍感不舒服就赶紧上痔疮膏，避免拖延引发感染。我现在每天上班坐半天后，肛门上述不适感就会越来越重，只有中午休息时抓紧在躺椅上休息一下会缓解，然而下午上班坐半天后又会加重肿胀灼热刺痛感，下班一回到家首先到沙发上躺一会才能再去做饭，吃完饭洗澡后就躺床上休息了，第二天起床时症状轻一些，但一天下来症状越来越明显加重。请问这是钛钉残留体内引起排异反应后遗症吗？怎么才能解决？"

王晏美医生回复称："有这种可能，可以把钉子取出。"

王晏美医生在发上述对话截屏时，评论称：有没有必要冒这样的风险，痔疮的危害可能还到不了这样。

所以，笔者认为，人们一旦肛门发生问题，真的不能由自己随意判断或者由阿猫、阿狗胡乱处置，而是应该由靠谱的专业的肛肠科医生进行检查、确诊、处置。

## 15. 你又没水脬岂能把自己当骆驼

五十九岁的顾先生是位非常出色的律师，但是日常生活经常静多动少。往往为委托人做笔录，一坐就是半天。在电脑前撰写法律文书，一坐也是半天。更要命的是在法院开庭，一坐半天不算，还不能随意上厕所。

所以，每次开庭，顾先生只能把自己当作沙漠里的骆驼，养成了开庭之前不喝水的习惯。

骆驼之所以能够长时间不喝水，是因为它在有水喝的时候饮水量非常大，据说一口气能喝下一百升的水。关键是骆驼的身体构造比较独特，它的胃有三室，第一胃室有二十至三十个水脬，就是专门用来贮水的。

骆驼的鼻子构造也是异常特别，鼻腔内布满非常细而且曲折的微小气道，平时气道是被液体湿润着的。但是，当骆驼体内缺水时，它的气道就会立即停止分泌液体，气道表面会变得干燥，并且结出一层硬膜。这层硬膜的好处就是，当骆驼在呼气时，硬膜可以把呼出的来自肺部的水分阻挡住，使得宝贵的水分不会散失体外，并且吸收起来；当骆驼吸气时，随着空气进入肺部，贮藏在硬膜中的水分也被送回到了肺部。就这样在体内反复循环被利用，不浪费水分。

顾先生倒是想把自己当骆驼，但是他的身体可不具备骆驼这样的独特构造，既没有水脬可以用来专门贮水，鼻腔里面也不会形成硬膜来阻挡水分流失。

更糟糕的是，顾先生学骆驼也学得不像样，一旦条件许可了，也不知道学骆驼那样大量补充水分，一喝就喝个饱。而是一出了法庭，就忙东忙西地忘了喝水这茬了。

有一天清晨醒来，顾先生没有任何前兆地就突然腹部疼痛起来，一阵阵的绞痛让他浑身直冒冷汗，很快这种绞痛就又蔓延到了腰部、背部。

顾太太看着先生脸色变得惨白，连衣服都湿透了，也不知道他是得了什么重病，赶紧开车往医院疾驶。

一路上，顾先生在车里呕吐了几次，因为尚没有用早餐，所以连胆汁都呕了出来，把顾太太吓得不轻，是阑尾炎？胆囊炎？还是胰腺炎？

急诊医生很有经验，立即让顾先生先CT扫描，再化验小便。很快结论就出来了：尿结石。

接下来，就是对症治疗。顾先生住在医院里的时候，既不能做笔录，也不能写法律文书，更不能出庭。他只能拿着个手机，在网上查来查去，也算认识认识自己身体里的这个尿结石病。

顾先生说，其实，尿结石的产生过程就像晒海盐的原理一样，人体中形

摄影：李钦连

成结石的物质，在尿液中超过了一定的饱和度之后，晶体自然就会析出，成为产生结石的基础。

喝水比较少的人群，他相对的排尿量就会比较少，通过正常尿液排出来的钙盐也就少，那么钙盐就会留在人体内，容易形成钙盐结石，所以得尿结石的机会就比较高。所以很简单，一个人只要每天保持一个必要的饮水量，以增加尿量就能大大减少尿结石的机会。

顾先生说，医生建议他每天至少要喝到家庭普通热水瓶一瓶水的计量，也就是 2000mL~2500mL。特别是早起饮水和临睡前饮水特别重要，以利于稀释尿液的浓度，最大限度地减少晶体的形成。

顾先生还说，人的饮食内容和饮食时间也很重要。不要用饮料来替代饮水，尤其需要避免甜制品，避免过度摄入含草酸较多的菠菜、芹菜、竹笋之类的食品。

还有晚餐时间要尽量前移，因为人的排钙高峰期是在餐后的四小时。假如晚餐吃得太晚，或者习惯夜宵后睡觉，那么当排钙高峰期到来时，人早已经进入了睡眠状态，所以尿液就会滞留在输尿管、膀胱、尿道等尿路中，不能及时排出体外，导致尿中钙量浓度不断增加，容易沉积下来形成小晶体，长期下来就扩大形成结石。

## 16. 不能把所有的鼻塞都当感冒治

平女士是位机关干部，早在公费医疗的时候，她在相当长时间里就陷入了一个就诊循环的怪圈：

周末鼻塞严重──→周一鼻塞更严重──→去医院就诊──→医院给三天药──→周一、周二、周三用药──→周四药用完后病情好转──→周五又开始有鼻塞感觉──→周六鼻塞加重──→周日鼻塞再加重──→周一鼻塞更严重──→再去医院治疗。再后来，又在鼻塞的基础上增加了咳嗽。

人生四季
◎ 求医季 ◎

　　当时的公费医疗制度规定，对应的是区级中心医院。而且门诊只能一次开三天药，所以略有好转之后，立即就又鼻塞了。因为那会儿也没有专家门诊或者指定医生，所以挂了号之后都是随机到哪个医生那里看病的。医生听平女士说了鼻塞、咳嗽等症状之后，也不多问啥就直接开药了。

　　有一次，平女士实在忍不住了，把病历翻到前面的记载问医生："在经常鼻塞、咳嗽之前，我身体一直很健康，几乎都没有怎么看过病，为什么现在会没完没了地感冒？怎么就好似病入膏肓了一般？"

　　"这很正常啊，你以前身体好，不代表你现在身体也好啊。你现在身体弱，免疫功能差，抵抗能力差，各种病毒就容易入侵，这样就很容易得感冒啊。"

　　平女士把自己的鼻塞、咳嗽说成了感冒，医生也把平女士的鼻塞、咳嗽说成了感冒，而且也是当感冒来治疗的。关键是吃了医生开出的感冒药之后，鼻塞也确实是会缓解的。

　　后来，平女士有机会到日本探亲，就去医院检查一下，看看能不能治治频频感冒的病。结果日本医生说："你这不是感冒，而是过敏性鼻炎，并且已经由过敏性鼻炎引发了支气管周围炎。所以不应该把鼻塞当感冒来治疗，而应该先查找过敏源，有的放矢地治疗。"

　　日本医生拿起平女士的病史，翻了几页，努力分辨了一下，有些犯难地说："我还以为有许多关于疾病的汉字我是能够看懂的，可是很失败，我没有看懂一个汉字。你们谁能帮我翻译一下，我想知道之前都吃了一些什么药？"

　　可是，尴尬的是，平女士和她的亲属也都认不出病史上那些龙飞凤舞的中文字。

　　平女士说："医生开的都是感冒药、咳嗽药和抗生素。"

　　"这么长时间一直都在吃抗生素？"日本医生极为惊讶地问。

　　日本医生告诉平女士说："世界卫生组织对使用抗生素有严格的规定，这样持续地使用抗生素，会把你的免疫功能摧毁的。"

# 第四章　死亡，人生旅程的终点

人生，就如同一条抛物线，无论被抛到再高的顶点，总有下降的时候，最终到落地的那一天。这是人在娘胎里尚未出来就已经规定好了的人生轨迹，来到人间的第一天就开始了生命倒计时。

死亡，是一个令人恐惧、悲哀、伤心的词语，但又是天地万物运转的常道。所以，珍惜生命，坦然面对生命的更替与转化，是人类一直在学习的课本。

笔者在此，为本文涉及的所有逝去的生命，点上一支蜡烛，走好！安息！

## 1. 来不及认识世界却已匆匆离去

老话说，黄泉路上无老少。死亡，并不是到人老了才会发生的，刚刚来到人世的婴幼儿，同样也会遭遇生离死别。

昆明医学院附属昆华医院、云南省第一人民医院儿科的米弘瑛、李利、杨景辉在《中华临床医师杂志（电子版）》发表文章称，随着新生儿重症监护技术的发展，我国新生儿死亡率已有所下降，但与发达国家相比，我国新生儿病死率仍较高。

赴美生子的小滕女士，她的第一个孩子小燕燕是个漂亮的女孩，全家人都欢天喜地的。但是，小燕燕生下来没多少个小时，医生说孩子得了重症肺炎，必须送往重症监护室。

小燕燕离开妈妈的怀抱后，就再也没有能够回来，她独自在重症监护室抗争了几天后，匆匆地离开了人世，还没有来得及喊一声"爸爸、妈妈"。

小滕女士说起来总是后悔不已，如果知道小燕燕注定要离开我们的，那么最后的几个日日夜夜，我一定要紧紧抱着她，让她在妈妈的怀抱里带着温暖离开。

但是，没有人能够预料小燕燕的生死。小滕女士的第二个孩子，在美国健康地出生，终于驱走了始终笼罩在她心头的阴霾。

同样是因为重症肺炎而死亡的小豆豆，他的父母亲却始终无法从悲伤中走出来。小豆豆出生时那响亮的啼哭，那红润的脸色，不停地在父母心头回放，放一遍，流一遍眼泪。笔者听他们说一遍，也流一遍眼泪。

为什么小豆豆阿氏评分 10 分的大满贯，却瞬间遭遇逆转？小豆豆的父母无法接受医院躲躲闪闪的解释，十多年的精力耗在了漫长的诉讼之中。凭借小豆豆病史中的多处硬伤，他的父母最终打赢了官司。

但是，这场迟来很多年的胜诉，并没有给小豆豆的家人带来任何的喜悦。因为这场拉锯战一般的诉讼，已经将小豆豆父母心头的伤口越扯越大，而胜诉的慰藉根本填补不了深不可测如黑洞一般的伤口。如果说，小豆豆的无端夭折是对家人的第一次伤害，那么医院在诉讼中的表现则是二次伤害。医生是人不是神，是人就可能犯错误，可恨的是犯了错误还百般抵赖，尤为可恨的是利用医疗专业话语权压人一等！

笔者注意到，根据世界银行的统计，在过去的十年中，中国婴儿死亡率从 24.1‰ 下降至 2012 年的 12.1‰。目前，这一水平居于世界第 72 位，落后于泰国、俄罗斯等国，与叙利亚接近。

而据慈善组织 Save the Children 的报告，2012 年中国婴儿的首日死亡率为 3‰，死亡人数达到 50600 人；首月死亡率为 9‰，死亡人数高达 143400，居世界第 4 位。

第四章　死亡，人生旅程的终点

但是，在国家卫生和计划生育委员会网站，笔者查到《2013年卫生计生统计公报发布》称：统计数据显示，全国婴儿死亡率由2012年的10.3‰下降到2013年的9.5‰。

2014年7月1日，《新华网》发表题为"中国进入降低孕产妇和婴幼儿死亡率'快车道'"的报道，称：

"一份6月30日在南非约翰内斯堡发布的研究报告指出，在144个中低收入国家中，中国在降低孕产妇和婴幼儿死亡率方面已进入'快车道'，是10个高绩效国家之一。"

这份由世界银行、世界卫生组织等国际机构联合发布的研究报告分析了144个中低收入国家20年的卫生数据，评选出在降低孕产妇和婴幼儿死亡率方面的10个高绩效国家，包括中国、孟加拉国、柬埔寨、埃及、埃塞俄比亚、老挝、尼泊尔、秘鲁、卢旺达和越南。

## 2. 没有妈妈的日子里你自己保重

联合国的新浪实名认证微博称：世卫组织指出，每过两分钟，世界的某个地方就有一名女性死于由妊娠或者分娩引发的并发症。

国家卫生和计划生育委员会网站表示，婴儿死亡率、孕产妇死亡率是衡量一个国家居民健康的重要指标。

国家卫计委发布的统计数据显示，2011年每10万人孕产妇死亡26.1人，2012年每10万人孕产妇死亡24.5人，2013年每10万人孕产妇死亡23.2人。全国孕产妇的死亡率，呈现逐年下降的趋势。2013年中国孕产妇死亡率，比2000年下降了56.2%。国家卫计委表示，我国妇幼健康水平处于发展中国家前列。

虽然，我国孕产妇的死亡率一直在下降，但是总有孕产妇不幸进入这个死亡率里面，她们甚至都还没有能够仔细端详一下自己的孩子，就撒手离开

## 人生四季
### ◎求医季◎

这个令自己无限牵挂的世界，让新生的宝宝成为没有娘的孩子。

二十七岁的李女士，从小到大就梦想着要做母亲，洋娃娃弄了一大堆。新婚那天，她在自己的腾讯空间里写道：从今天开始，最大的愿望是做母亲。

婚后三个月，李女士终于如愿以偿怀上了宝宝。因为她比较胖，在第一次产前检查时，就被医院贴上了高危标签。怀孕中期，李女士又被医院检查出妊娠高血压，危上加危。

但是，风险挡不住母爱的伟大，李女士坚持不放弃腹中的宝宝。

在手术台上，李女士终于顺利产下了大胖儿子。大胖儿子被护士先期抱了出来，看人家产妇在孩子抱出来一会后就可以推出来了。可是，李女士却迟迟没有被推出来。家属守候在手术室外面，如同热锅上的蚂蚁，但里面的信息被手术室那道玻璃门给隔绝了，他们打听不到任何情况，只能干着急。

"谁是李××的家属？"终于，护士走出来问。

李女士的家人赶紧忐忑不安地迎了上去。果然，从护士嘴里听到的是坏消息！李女士因为产后大出血，现在医生正在进行抢救。

两个小时后，医院宣布了李女士的死亡。

特别喜欢孩子的李女士，曾经在腾讯空间里贴出来很多与孩子的合影，有亲戚家的孩子，有朋友家的孩子，有同事家的孩子，唯独没有她与自己大胖儿子的合影。李女士的丈夫专门 PS 了一张妻子和他们孩子的合影，发到了李女士的腾讯空间，引来亲朋好友的泪崩。

二十八岁的胡女士是硕士研究生，她是在怀孕中期被查出妊娠合并心脏病的，所以在整个孕期，胡女士一直都小心翼翼地听从医生的嘱咐，不敢越雷池一步。

出乎意料的是，胡女士的生产是非常顺利的，孩子也是阿氏评分大满贯的健康宝宝，一直都提心吊胆的亲朋好友都松了一口气。母子俩的合影在她丈夫的微信上刷屏了，胡女士也不甘示弱，连文带图转发了微信。所有点赞评论微信的微友们，都万万不会想到，死神正在向胡女士悄悄走来。

摄影:李钦连

胡女士是在产后的第二天晚上，突然感觉呼吸困难的。接着感觉前胸后背剧烈地疼痛，家属一次次地喊医生，医生也一次次地过来检查，都没有发现什么问题。

然而，到了凌晨4点，胡女士突然就不省人事了。医院组织力量进行了全力抢救，但是，最终没有能够挽回这条年轻的生命！

胡女士的微信朋友圈，定格在母子俩的合影上，任凭亲朋好友们千呼万唤的留言，都永远无法再更新了。

二十六岁的柳女士，家境极为富裕，挂的是VIP号。在产前检查时一切都好，生产时也一切顺利。产后，婴儿一切都好，产妇也一切都好。

然而，就在家属给柳女士办理出院手续的当天，她突然发起了高烧。于是，柳女士中止了出院，继续留在医院观察。

家属怎么都没有想到，眼看医院各种药物用下去，可柳女士一连三天都没有退烧，第四天居然就昏迷不醒了。到了第四天深夜，柳女士竟然撒手而去。

柳女士前脚刚离去，她的儿子居然也开始发高烧，儿童专科医院的医生诊断说是新生儿败血症，应该是生产时感染的病毒。

万幸的是，新生儿的生命力居然比他母亲顽强，他没有随母亲而去，而是顽强地留在了人间，成了一个生下来就没有了母亲疼爱的可怜孩子。

## 3. 意外事故是婴幼儿生命的杀手

婴幼儿的成长，犹如电子游戏中充满险境的闯关，一步稍微不慎，即有可能被终结生命。所不同的是，游戏可能还有多条性命，即便是所有性命都死掉了，还可以不停地重新再来一盘，无限循环。而人的生命却只有一次，死了，就再也不可能复生。

人类出生时，可能真的远不及那些刚出生的动物。在动物的世界里，经

## 第四章　死亡，人生旅程的终点

常可以看见那些刚刚离开娘胎的幼崽，身上的毛发尚未干透，就会自己艰难地挣扎着站立起来，继而步履蹒跚地跟着母亲起步，很快就会稚嫩地奔跑。而人类在相当长的一段时间内，根本就不会具备小动物的这个能力，不要说爬行、站立和奔跑了，就连自主翻身都搞不定，所以父母得万分小心。

2015年底，一条"一名小宝宝在医院死亡，生命最后七分钟监控视频"的微信刷爆朋友圈！相信所有看过这条视频的人，都会像笔者一样，心被揪得生痛生痛的！

视频中，护士将小宝宝放置于婴儿床侧卧后离开，随后小宝宝稍微动了几下，便失去重心变成了侧俯卧状态，脸贴在了枕头上，小嘴巴和小鼻子全都被枕头捂住了。出于求生的本能，小宝宝孤独地拼命挣扎着，但是他实在没有能力自己翻过身来，也没有人过来帮他一把……直到很久很久，护士再次巡房时，才发现小宝宝俯卧的异常姿态，连忙把他抱了起来，发现他皮肤已经重度青紫发绀了。护士立即对小宝宝进行了抢救。然而，一切都已经来不及了，可怜的小宝宝终因缺氧过久而导致心脏停搏，离开了人世。

孩子的小姨"cqqqq 琴"在微博上痛苦披露：孩子出生才二十四天，是因感冒咳嗽去医院检查的。医生说是支气管肺炎，要留院观察几天，所以才把他放在新生儿科住院的。

男婴小毛毛的父母都是高级白领，夫妻双双的年薪收入都不低，他们住着装修奢华的高档别墅。

小毛毛还没有出生，就已经拥有了极为宽敞的婴儿房，整个布置的基调是粉蓝色的，非常温馨。与婴儿房相连的，是一个几十平方米铺满高级乳胶爬行垫的儿童乐园，高低滑滑梯应有尽有。

虽然父母各自拥有一辆好车，但是小毛毛的车辆总数已经超过了大人，各种功能的婴儿车，学步车，仿真豪车……一应俱全。

家里本来已经有了住家保姆，但是在小毛毛出生前，又专门增添了一位保姆，专职照顾小毛毛。专职保姆羡慕地对住家保姆说，小毛毛真是从娘胎

人生四季
◎求医季◎

里出来，就一脚踏进了天堂！

谁也没有想到，专职保姆一语成谶，居然真的把小毛毛送去了天堂，那一天小毛毛才刚刚来到人世十五天。下午2时许，专职保姆用奶瓶给小毛毛喂了奶，拍嗝之后放回到婴儿床里。但是，等保姆接完一个电话，发现小毛毛的身子居然是侧着睡的，被角刚好堵住了他的鼻子、嘴巴。

专职保姆赶紧将小毛毛抱起，发现已经没有了呼吸。专职保姆的大声呼叫，惊醒了尚在月子之中的小毛毛母亲。母亲一看见儿子的模样，瞬间晕厥了过去。

一时间，两位保姆都慌了手脚，住家保姆抱着女主人直发呆，而专职保姆居然忘记拨打120急救电话，而是先拨通了小毛毛父亲的电话。

待到小毛毛父亲喊来救护车时，急救医生宣布孩子已经不治。去到天堂的小毛毛，空留下豪华别墅里的粉蓝色婴儿房，空留下他都没有玩过一天的儿童乐园，还有各式豪车。

小徐女士是位送水女工，因为家里经济条件不是很宽裕，所以她刚刚出了月子，还在哺乳期内，就赶紧回到了工作岗位上，在送水的间隙，见缝插针抽空回家给孩子喂奶。

夏天的送水工作，劳动强度特别大，小徐女士每天回到家里就已经疲惫不堪。但是，小婴儿一个晚上要吃好几顿夜奶，小徐女士总是强睁开眼睛，睡眼惺忪地给孩子喂奶。

有一天，小徐女士喂着喂着，人就困了，迷迷糊糊中，她隐隐约约感觉到孩子不再吮吸了，看了一眼，顿时吓醒，因为孩子好像没有了呼吸。

120急救车将小婴儿送到了医院，在婴幼儿重症监护室抢救了三天三夜，医生终究没有回天之力！

小孙女士是外贸公司的文员，丈夫则是房产公司的销售员。小夫妻俩双方的老人都已经退休在家了，而且都很愿意为自己的孩子带孩子。但是，小夫妻俩觉得，爸爸妈妈应该亲自带孩子才好。

## 第四章　死亡，人生旅程的终点

儿子小天天生下来时，家里认认真真讨论过是否购买婴儿床的问题。但是，他们最终一致决定，让小天天随父母一起睡吧，否则小婴儿孤单单的，太可怜了。

每天晚上，小天天都睡在爸爸妈妈的中间，小婴儿幸福满满，大人也幸福满满。

然而，就在迎来小天天第二周生日的那一天，这种满满的幸福被打破了！小天天的妈妈凌晨醒来，可能是大人翻身的缘故，厚厚的被子盖住了小天天的口鼻。小天天的妈妈赶紧掀起被子一看，顿时感觉到了异样，失声叫醒小天天的爸爸，这才确认小天天已经没有了呼吸！

那么，等小婴儿长大一点了，具备了自主翻身和爬行的能力之后，家长们是不是就可以放轻松一点了呢？

三十岁的小钱女士，是餐厅的领班。她看到自己儿子会翻身会爬行了，心里非常欣慰，想着总算平安度过了那战战兢兢的最初几个月。

初夏的这一天早上，住在小区十九层的小钱女士，正在厨房里忙碌着包小馄饨，准备等宝贝儿子醒来就煮给他吃。

但是，她听见楼下早锻炼的阿姨们一阵嘈杂喧哗，赶紧跑到窗口看个究竟，突然发现大家都仰头看着她们家窗口的方向。

小钱女士心里猛地一沉，发疯一样冲进卧室，婴儿床上已经没有了儿子。紧贴着婴儿床的飘窗窗帘在随风飘扬，她探出身体往下看，密密的灌木丛中什么也看不到。但是，小钱女士的心，也已经从十九楼坠落到了那一片绿化带。

小钱女士已经完全不记得自己是怎么乘电梯下楼的，不记得自己是怎么冲进那片灌木丛中的，也完全不记得120急救车是怎么来的，又是怎么走了，她只记得把儿子紧紧抱在怀里，血染了一身！

对于一个完全不知道危险为何物的婴幼儿，家长的眼睛必须时时刻刻、分分秒秒都不能放松跟踪。

## 人生四季
### ◎ 求医季 ◎

小君豪已经十一个月了，不仅会满地爬，还会满地走了。家里的各种电线以及电源插座，对他有着强大的吸引力，总喜欢把电线拉来拉去地玩。

家里的大人们，总是大声阻止小君豪接近各种电器插头。但是，大人越阻止，他的兴趣就越大。一不小心，小君豪在弄电线了！一不小心，小君豪又在弄电线了！一不小心，小君豪还是在弄电线了！

小君豪的妈妈在万能的淘宝购买了电线收纳盒，还有各种塑料的电源插座封闭器，这才心里踏实了一点，也放松了警惕。

可是，电源插座封闭器能封闭得住插孔，却封闭不住小君豪心里的万般好奇。大人们万万没有想到，小君豪竟然用稚嫩的小手指，挖出了塑料电源插座封闭器，再用细细的小手指插进了电源插孔！瞬间，就酿成了无法挽回的悲剧！

小杜夫妇都是多才多艺的白领，五岁的女儿小甜甜遗传了爸爸妈妈的基因。在幼儿园的课余，又是画画、又是唱歌、又是跳舞，样样都比同年龄孩子要出挑。

而且，小甜甜的脸蛋就像名字一样甜美，常常挂着迷人的笑容，还非常乖巧有礼貌，深得父母欢心，也深受爷爷奶奶、外公外婆的宠爱，左邻右舍也都喜欢她，连老师都明显地偏爱她。

那天晚饭过后，小甜甜就像往常一样，在爸爸妈妈欣赏的目光中，对着落地镜子，翩翩起舞，一切都是那么的温馨。

不知道为什么，小甜甜突然有些失重，前倾的身体撞到了落地镜子。镜子玻璃破碎了一地，小甜甜脖子上的血，瞬间喷射出来！

爸爸赶紧跳过去，用大块的毛巾拼命按住女儿的伤口。妈妈慌不迭地拨打120。

在医院急救室的手术台上，小甜甜因为失血过多，最终没有能够挺过来。

面对碎了一地的玻璃，小甜甜爸爸妈妈的心也碎了一地。镜子里的景象破了，镜子外的画面也破了。

第四章　死亡，人生旅程的终点

不是所有生命的死亡都是不可抗拒的。有许多死亡，原本是可以避免的，但是因为人的疏忽而发生了，令人扼腕，叹息不已。

## 4. 孩子走了留下痛不欲生的父母

十岁的小俊逸已经读小学四年级了，因为顽皮得很，所以他读书成绩一般般。但是，小俊逸的体育很棒，尤其是游泳，看他在游泳池里，简直就像一条鱼一样，穿梭自如。

暑假的时候，小俊逸的爸爸妈妈带他来到了海岛，那碧波万顷波涛汹涌的大海，是他向往已久的地方。他在微信朋友圈里豪情万丈地宣告：大海，我来了！

小俊逸下海的时候，爸爸把救生圈递给儿子。但是，小俊逸骄傲地拒绝了："就我这水平，还需要这东西吗？"

做爸爸的也认同儿子的游泳水平，所以也就没有再坚持。爸爸目送着小俊逸投入大海的怀抱，远远地看见他淹没在涌动而来的海浪里。

一浪过去，迎来风平浪静的瞬间，爸爸却没有看见儿子浮出水面。又一波海浪推过来，再退去的时候，爸爸依然没有看见儿子浮出水面。

大海，我来了！小俊逸真的融入了大海！

第二天早上，工作人员在几公里之外，找到了小俊逸。他趴在退潮之后的海滩上，爸爸妈妈则哭瘫在小俊逸冰冷的遗体旁。

笔者依稀记得有一句广告语：独立人生，从拥有一辆自行车开始。

小学女生倩倩每天翻着日历，盼着自己十二岁生日的快快到来。因为，爸爸妈妈答应的生日礼物，就是一辆漂亮的自行车。据说，我们国家法定的骑自行车年龄是十二岁，已经学会骑自行车的小倩倩，早就期待着这一天了。

那天，满桌的山珍海味，对小倩倩没有丝毫吸引力。因为，吸引力在门厅外的那辆崭新的粉红色自行车上。

# 人生四季
## ◎求医季◎

小倩倩勉强在餐桌上应付了一会儿，就想去骑一骑心爱的自行车，过把瘾。宠爱小倩倩的母亲点头答应了，还让她父亲跟着下楼照看。

小倩倩骑上自行车，随着轮子的飞快滚动，她的心情也不由得飞翔起来。飞啦，飞啦！她骑得飞快，好像很享受风在耳边吹过的感觉。

起先的时候，小倩倩的父亲是紧紧跟在女儿车尾的，追着奔跑。但是，很快他就追不动了。就在原地用目光追随着女儿，嘴里不停地喊着："骑慢点，骑慢点！"

然而，不知道是为什么，小倩倩突然方向一拐，竟然拐出了小区大门。

"倩倩，回来！倩倩，回来！"父亲在后面不由得大喊，脚下犹如百米冲刺般往大门口冲去。然而，只听到一声刺耳的汽车急刹车，女儿就已经倒在了血泊之中！

120救护车呼啸着赶来了，但是急救医生告诉小倩倩的父亲："叫殡葬车吧！"

女儿的鲜血染红了那辆粉红的自行车，小倩倩的父母痛不欲生！

十七岁的洋洋天资很一般，但是后天很努力，在尖子学校的尖子班，他埋头复习，苦苦追赶班级同学的脚步，终于顺利熬过了备考的日子。

在考场上，洋洋看到考卷，心里就先有了自信，下笔轻松自如。盛夏，高考成绩公布了。按照班级微信群的约定，大家纷纷相约聚会。

不愧为如雷贯耳的学校，同学们大多考到了高分，洋洋也称心如意地越过了一本的分数线。不由得欣喜若狂。三载高中，六个学期，甜酸苦辣一起走过。同学们再次相见，分外激动，大家紧紧抱成了一团。

等到同学们松开手，洋洋竟然意外地慢慢倒了下去，居然沉重得大家拉都拉不住。同学们赶紧手忙脚乱地打120叫急救车，等送到医院急救室，医生却表示已经无能为力了。

洋洋的父母自然无法接受这个突如其来的打击，明明健壮的儿子是欢蹦活跳出去的，怎么可能就会挨上这飞来横祸？他们不敢相信，仅仅是同学们之间拥抱一下，就会让儿子送命？这里面，究竟又有什么不为人知的隐情？洋洋的同学们是集体撒谎了？

警方查看了事发现场的监控视频，并且对尸体进行解剖。尸检报告终于还原了洋洋不幸逝去的原因，是同学之间的亲密相拥，压迫到了洋洋颈部的迷走神经而导致死亡。

洋洋的同学们之前从来就不知道，这迷走神经是个什么鬼啊？洋洋的父母同样也不知道，人的颈部居然还有碰不得的迷走神经！

## 5. 身体发肤受之父母岂能轻别离

搜狐的一篇报道称，我国每年自杀人数达 28.7 万，还有 200 万人自杀未遂。也就是说中国每两分钟就有一人死于自杀，同时还有 8 个人自杀未遂。

中国是世界上自杀率最高的国家之一，总的自杀率约为 23/10 万（每 10 万人中就有 23 人自杀），而国际平均自杀率为 10/10 万，中国当前的自杀率是国际平均数字的 2.3 倍。也就是说，全球每年自杀者中，有四分之一来自中国。

中国十八至三十四岁人群死亡案例中，自杀是其中最大的死因，超过了车祸、疾病等。自杀人数是他杀人数的七倍以上。即使算上成年人，在中国所有死亡人群中，自杀排上了第五大死亡原因。

十五岁的小君出身书香门第，爸爸妈妈都是学者型官员。可贵的是，在小君身上，完全看不到官二代的纨绔气息，他人长得高大英俊，读书又很自觉。

从小学到初中，小君都是班里女同学们青睐暗恋的对象，同时又是男同学们羡慕嫉妒恨的对象。

作为年级里的学霸，小君不靠爸爸妈妈靠自己，始终稳坐年级头把交椅，从来就不知道低分的滋味是什么样的，各种竞赛奖杯、奖状、奖牌一大堆。

# 人生四季
## ◎求医季◎

许多人都把初三的备考年称作黑色初三，因为得昏天黑地做习题、做习题、做习题！整天在题海中垂死挣扎得筋疲力尽，连睡梦中还是满脑子习题。

可是，在小君的生活里，却从来没有觉得初三是黑色的。对他来说，世界是一片阳光灿烂，前途是光明无比。小君甚至骄傲地谢绝了学校的推优保送免试入学，他想要经历考场的磨砺，想要拿到高分的骄人纪录。

眼看就要接近中考，小君家里的氛围是欢乐而又轻松的。然而，这种欢乐又轻松，在一个黑暗的晚上，被彻底打破了。

小君在自己的日记本里，详细地描述了他的心路历程。

那天深夜，小君刚刚与爸爸妈妈道晚安，回到自己的卧室，就听到门铃声响起。小君想，这么晚了，是谁啊？但他也没有太在意，便自顾上床躺下了。

一会，小君感觉客厅里有些嘈杂，好像来的人不少。小君下床光着脚打开一点点门缝瞄了一眼，顿时惊呆了！五六个穿着灰色制服打着领带的人一脸的严肃，小君看不太清他们胸前佩戴着的是国徽还是什么。

小君不知道他们是什么单位的，但基本能肯定这是某个执法单位。他看见妈妈在无声地抹着眼泪，而爸爸的头垂得很低很低。爸爸手腕上那副锃亮的手铐，深深地刺痛了小君的心。

执法人员要把爸爸带走了，小君把门缝推得更细小一点，看见爸爸朝着他的房间走了两步，似乎要与小君告别，但是又犹豫着停下了脚步，最后转身跟来人走了。

小君隐隐约约听到，爸爸在家门口低声对妈妈说，照顾好儿子。妈妈流着眼泪拼命地点头。小君赶紧掩上了门，让自己隐藏在窗口的边缘，看着爸爸钻进了那辆闪烁着警灯的警车，而妈妈则站在原地，目送着警车远去。小君不由得泪流满面。

妈妈回来，推开小君的房门，站在那里发呆。而小君则背对着妈妈装睡，眼泪不住地流到枕头上。直到妈妈关上门离去，小君才轻轻哭出声来。

## 第四章　死亡，人生旅程的终点

这是出娘胎以来第一次失眠，小君一夜胡思乱想到天亮，直到妈妈来敲门喊起床。妈妈除了一双红肿的眼睛之外，表面上看不出有什么异样，与往常一样的早餐。妈妈没提爸爸，小君也只字没问。

直到小君背着书包出门，妈妈才说："你爸爸临时到新疆去出差了。"

"噢！我晓得了。"小君应了一声，没有回头就走了。

在教室里，老师的讲课就仿佛是远山的呼唤，小君一个字也听不进去。接连着好几天，小君都是这样的状态。班主任老师发现了问题，但小君怎么也不肯说话。

放学时，妈妈赶到了学校，小君还是不肯说话。母子俩，一路无话。

"小君，你是不是知道家里的情况了？"到了家，妈妈问。

"嗯。"小君点点头说。

"谁告诉你的？"妈妈问。

"那天我醒着，我看到的。"小君淡淡地说。

妈妈听了，噙在眼眶里的泪水扑簌簌地滑落下来，她稍稍让自己安定一下，又说："你不要担心，妈妈已经为爸爸请了很好的律师，事情一定会弄清楚的。"

"嗯。"小君又点点头说。

"你不要影响自己的情绪。"妈妈心痛地劝慰儿子。

"嗯。"小君又乖巧地点点头说。

虽然把事情说开了，但小君依然很沉默，经常一个人坐在那里发呆，完全像是换了一个人。做妈妈的，也很无奈。

中考开始了，妈妈知道儿子的状态一直不好，所以一直在有的放矢地给儿子减压，让他别太在意分数。

成绩出来了，小君遭遇了他们意料之中的滑铁卢，悲惨地跌出了市重点高中的分数线。面对儿子的沉默，妈妈不知道如何安慰他，她给儿子的微信发了十个字："儿子，是金子总会发光的。"

141

第二天早上，小君的妈妈喊了几次，他都没有出来吃早饭。妈妈推门进去一看，小君脸色惨白地躺在床上，床头柜上是安眠药的空瓶。

医院，没有能够挽回小君年轻的生命！

十八岁的小骥倒是顺顺利利进入了一所名牌大学的名牌专业，但是他的心却若有所失，因为暗恋多年的高中同班女孩去了另外一个城市。

小骥总是积极地泡在班级群里，为了捕捉她的动态，手机从不离手。连洗澡的时候也会用个塑料自封袋套着，时不时要注意着微信的信息通知。群里每天早上的第一杯咖啡，必定是由小骥端上的，而每晚的 good night（晚安）也总是由小骥收尾。每天潜在群里，一看见她上来，就赶紧迎合着她的话题开聊。

每天，每天，每天，小骥都给她写很多很多文字，但就是没有胆发给她。终于在一个寒假的晚上，他在微信上点开了她的头像，把多年来的深情暗恋化成情意绵绵的文字，点击了发送键。

瞬间，小骥就看见对方已读的通知。但是，小骥没有在私聊区域等到她的回音，却在班级群里看见她挂出了截屏，图上，他的头像赫然在目。她说："你好好的行吗？都熟成老豆腐了，还怎么恋爱啊！"

顿时，小骥感到手脚冰凉。虽然，没有一个同学给出评论，但是，他却感到无地自容！

次日，小骥的母亲发现儿子睡到中午还没有起床，敲门也没有应声，便推门进去，猛然看见有个人悬挂在了窗帘杆上。小骥的母亲呼天抢地扑过去，用尽力气放下儿子，发现他早已气绝冰凉了！

## 6. 白发人送走黑发人的失独惨痛

小尹姑娘已经二十五岁，是公司前台的文员。她和男朋友小童是初中同班同学，已经相恋十年了，是一对恩爱情侣。

## 第四章　死亡，人生旅程的终点

但是，这么多年来，小尹姑娘的母亲一直不肯对这门婚事点头。因为，女儿的男朋友小童只有一套和父母合住的两室一厅，没有独立的婚房，当然也没有车。

社会上流行的是女婿有房有车无贷款，而小尹女士的母亲则大大放宽了标准，不求有车，但求有房，甚至都不求无房贷，连彩礼都只字未提。

人们常开玩笑说，大城市的房价都是被岳母们逼上去的。倘若男孩子们连婚房都没有一套，岳母们凭啥放女儿跟这穷小子跑呢？

小尹和小童被迫无奈，到处跑中介看楼盘，总算在远离市区六十多公里的郊区，看上了一套最便宜的现房。一室一厅，建筑面积六十平方米。

小尹和小童拿出各自工作了四五年的积蓄，总共只有十万元，小童的父母贴出来三万，再双双四处求爷爷告奶奶地借到了五万，离二十四万元首付金，还差六万元一个大缺口。

虽然，小尹的母亲对这套前不着村后不着店的房子非常不满意，但是想想小童家的能力也只能做到这样了，所以咬咬牙拿出了六万元血汗钱贴给了他们。

苦尽甘来！小尹和小童眉开眼笑地去领了结婚证书，并且紧锣密鼓地筹备起了婚事，定了年底举行婚宴，双方家庭的喜帖也发了出去。

在拍摄婚纱照的时候，小尹不停地呕吐，她突然意识到自己是怀孕了。宝宝也真会选日子，美美的，好事成双！

临近婚宴的时候，房产证也办下来了。正在小夫妻婚房里帮忙的岳母，一看那房产证，脸色霎时阴了下来。

"这房子是你们俩共同筹的钱，也是共同借的债，将来也是你们俩一起还债、还贷款，凭什么这房产证上写你和你妈的名字，却不写我女儿的名字啊？"小尹的母亲严厉地质问女婿。

"呃……这是我妈妈的意思。"小童看见岳母发脾气了，有些害怕，只能实话实说。

143

# 人生四季
## ◎求医季◎

"你妈妈的意思？她只贴了三万元，还好意思写上名字？我没比你妈妈少出钱，我们家贴了六万，我们都没有想过要写名字！"小尹的母亲有些愤怒了。

……

岳母给女婿下了最后通牒，如果不把女儿的名字给添到房产证上去，那么这桩婚事就算结束了！

小童也觉得理亏，不敢多争辩，连夜赶回家去做父母亲的工作。但是，小童的母亲说了，我们一共就养你这么一个儿子，我们死了又不能将房子带走，将来还不都是你们的！为什么现在就这么计较要在房产证上写名字呢？她这是与房子结婚，不是与你结婚！为啥你们谈了十年都不能结婚啊？不就是因为你没有房子嘛！现在刚买了房子，就想着抢房子了！

两边的家长谁都不肯让步！小童和小尹两个相亲相爱的人不由得抱头痛哭。婚宴前一周的晚上，小尹收到小童的一封没有封口的书信，是他们俩共同的初中同学小王送来的。

小尹见信，不由得心里一沉。因为，白天她还和小童在一起的，他除了长吁短叹，一直没有怎么说话，为什么晚上要让小王送信来呢？而且，有什么事情，微信上不能说呢？小尹拆开信：

亲爱的小尹：

恋爱十年，我一直欠你。

我没有婚房迎娶你，可你一直对我不离不弃，我这辈子还有下辈子都对你感激不尽。

我们俩共同筹钱共同借债买房，我妈妈只贴了三万，而你妈妈却贴了我们六万，结果我却听从了我妈妈的无理要求，非但没有将你的名字写上，还写上了我妈妈的名字，可你却对我无怨无悔。

亲爱的小尹，我想过了，你妈妈要求把你的名字写到房产证上是合情合

摄影:李钦连

摄影：李钦连

## 第四章　死亡，人生旅程的终点

理的，她没有错，她是为自己女儿的将来着想。而我妈妈是生我养我的，她虽然有错，但是我也不能逼迫她。

小尹，想来想去，我最对不起的人是你。我没有脸面再面对你！我只能以死来向你谢罪！你把肚子里的孩子生下来，这套房子就归孩子。等下一辈子，我买得起房子了，就来找你，我们再做夫妻。

永远爱你的小童

附：××路××弄××号××室房屋购买出资人及借资人清单

小尹读完信，不由得手脚冰冷，赶紧与送信的小王同学一起速速赶到小童家，可是一切都已经无法挽回了！正在号啕大哭的小童妈妈看见小尹过来，哭得更加声嘶力竭了："都是你，都是你这个害人精，把我儿子害死了！"

小尹想最后看一眼小童，可是被小童的妈妈又踢又打地赶了出去。披头散发的小尹出了小区，嘴里喊着小童的名字，说："你等等我！"就一跃跳进了路边的河里。等到好不容易找到人，救捞起来时，已经是一尸两命了！

小童和小尹走了，但是他们留下了一道法律难题。有朋友给小尹的妈妈出主意，作为房屋出资人是有权争取份额的。虽然小童和小尹还没有办酒席，但是法庭是看结婚证书的，所以他们已经是合法夫妻了，互相有继承权。从死亡顺序看，小童先于小尹死亡，所以小尹对小童的财产有可以继承的份额。

但是，小童的妈妈向上门来调解纠纷的街道工作人员表示，儿子的遗书上写得清清楚楚"你把肚子里的孩子生下来，这套房子就归孩子"。也就是说，小童自杀前的安排是，既没有把房子拆分给谁，也没有把房子留给小尹，而是给了肚子里的孩子。那么，既然肚子里的孩子不存在了，那么这个所谓的"给"也就不存在了。

小尹的妈妈出不起钱请律师，还是当初送信的那位小王同学，帮他们联系到了法律援助。两位白发人送黑发人的妈妈，两位失独家庭的妈妈，走上了法庭对簿公堂。

小童的一纸亲笔信，成为极其重要的诉讼证据，双方都把这作为自己一方的重要证据。

## 7. 上有老下有小的中年最是难熬

五十二岁的罗先生，是国有大公司的销售部经理，他上面要应对公司董事长、副董事长、总经理、副总经理等一大堆领导，下面要领导销售部上百人的团队，内部要协调横向兄弟部门的关系，外部还要开拓维护全国各地的客户，他属于公司承上启下的栋梁。

在家里，罗先生是长房长子，上有百岁寿星的老祖母和七十多岁古来稀的老父母需要照顾，还有已经耄耋的岳父岳母也是绝对不能忽视的，下有80后的儿子、儿媳及四岁的孙女和两岁的孙子需要呵护，横向还有自己兄弟姐妹、小姨子大舅子以及亲家公亲家母需要协调，他属于这个大家庭承上启下的栋梁。

罗先生看上去瘦小得很，但却非常精悍，完全没有肥胖朋友的那种乱七八糟的病。不过，就这么个一百几十斤的肉身，却是白天八小时在单位做栋梁，下班后还要在家里继续做栋梁。

有时候，这栋梁还得交叉分裂着做。

明明罗先生这栋梁该轮岗到家里站岗了，却还在单位里忙着撑起一片天。公司里有上下班的作息规定，但其实是没有下班时间的。罗先生经常要深更半夜才能到家，有时候忙起来一连好几天不着家，还时不时飞东飞西地满世界出差。那阵势好像是离了他地球就不转了。

当然，罗先生在单位的时候，家里也会时不时急招他回去顶天立地。他向家人宣布过规定，家里有任何事情，只能短消息联系他，或者要等他下班回来再说。平时他和家里人的交流，其实也就是早上出门上班前那点短暂的时间。

## 第四章　死亡，人生旅程的终点

罗先生开着大会小会，布置这部署那的。但凡只要手机上显示的是家里的电话，那一定是出紧急事情了，电话还没有接起，心里就慌得怦怦直跳。往往挂了电话，他的心跳还怦怦地慢不下来。他总想什么时候抽空去医院查一下心脏，但是因为忙就一直这么拖着。

百岁祖母是家里的"国宝"，罗先生就是老人一手带大的。起初，祖母也只是有些受凉，好几天胃口不佳。但是，这天中午一量体温，发现老人家发高烧了，而医院通常不太愿意接收如此高龄的老人。

于是，罗先生连忙中断会议赶回家，亲自送老祖母去医院，又千方百计找熟人托关系。罗先生不舍得老祖母在重症监护室受一点委屈，就像当年老祖母不舍得孙子受一点委屈一样。

老祖母的病刚刚有了缓解，罗先生七十五岁的母亲就在小区里摔了一跤。正在邻省出差的罗先生，连夜飞车五百公里，一路上遥控指挥，又是找熟人托关系，联系送进医院。开刀，接骨，打钢钉，一切方案都安排妥当。到了医院，罗先生奔赴老母亲的床头，紧紧握住她的手。

屋漏偏逢连阴雨，老母亲还躺在医院里动弹不得，完全得靠着儿媳妇和护工的照顾，那边八十岁的岳母又在浴室里摔倒了。那时，正值公司新品发布会，罗先生忙得简直无法分身。但是，他想着妻子一直对家里无怨无悔地奉献，不能到了关键时刻，让人感觉自己一碗水端不平，厚此薄彼。

于是，罗先生硬着头皮抽时间赶到医院，安排好岳母的一切，包括请护工这样的琐事。这对于集全家重任于一身的妻子，也是一个宽慰。

这边岳母刚刚动好手术，那边八十五岁的岳父竟然糊涂了，错把老爱人治疗心脏病的药，当作自己治疗高血压的药给吃了。保姆发现了，立即通知了主人家的女儿。而罗太太接了电话有些惊慌失措，只能又是一个电话打给罗先生。

于是，家庭消防队员罗先生只能立即接警出发。

老的警报此起彼伏，小的也没有消停。儿子成长的三十年来，一直是小困难找妈妈，大困难找爸爸。而如今，妈妈和保姆在三家医院里连轴转，忙得够呛。

没有了罗太太的定海神针，家里的一切都乱了套。这天一大早，罗先生终于把儿子、媳妇、孙子、孙女送去了亲家母家里。

在去单位上班的路上，罗先生感觉心里慌得很，便下意识地靠边停车。高峰时刻，后面的车子立即堵得水泄不通，喇叭齐鸣。迅速赶来的警察，隔着车窗看见司机趴在方向盘上，打开车门一看，发现这人一动也不动，赶紧拨打120。

在急救车上，罗先生这根支撑单位和家庭的栋梁，轰然倒塌！

可地球却依然每天在转，失去了他的亲人们，擦干眼泪，生活还得继续。

## 8. 她把苦涩的难言之隐带进坟墓

二十多年前的春节前夕，肖女士和巩先生背着大包小包，抱着他们儿子贝贝，登上了北上的绿皮火车。在漫长的旅程中，他们一家三口其乐融融。贝贝长得酷似肖女士，而与巩先生却没有一丝一毫相像。

上一个春节，十八个月的贝贝还不会说话。而这一年，已经三十个月的贝贝就像个话匣子，絮絮叨叨地特别想说话，他坐在巩先生腿上，爸爸长、爸爸短地说个不停。

坐在一旁的妈妈肖女士却期期艾艾地说："贝贝，咱不叫爸爸了，以后叫舅舅成不？"

"为什么呀？"贝贝有些不解，望望妈妈，又望望爸爸。

巩先生先是沉默了一下，随后他很用力地点点头说："嗯，就叫舅舅。"

"为什么呀？"贝贝并没有得到答案，不甘心地追问。

"不为什么呀，他不是你爸爸，他就是你舅舅啊！"肖女士说。

"可我不是一直叫爸爸的吗？"贝贝还是不能够接受眼前这个爸爸突然

## 第四章　死亡，人生旅程的终点

就变成了舅舅。

"那是因为贝贝以前还小，叫不来舅舅，只会叫爸爸。现在贝贝大了，说话利索了，所以得改回来叫舅舅。"肖女士一边解释，一边指着巩先生说："来，贝贝，我们叫舅舅。"

贝贝僵僵地喊了一声："舅舅！"

"哎，真乖！"巩先生赶紧应了下来，忙不迭地站起来，到行李架上把大旅行包扛下来，拉开拉链，手伸进去抽出一个布包，又打开布包，摸出几粒大白兔奶糖，把一粒拿在手里对贝贝说："再叫一声舅舅，舅舅就给你吃大白兔奶糖。"

贝贝看见大白兔奶糖，就顾不上问很多了，开开心心地叫了一声"舅舅"，就得到了糖。那一路上，肖先生靠着十几粒大白兔奶糖作诱饵，到下火车时，贝贝嘴里"舅舅、舅舅"已经叫得很溜了。

要出火车站的时候，巩先生、肖女士再一次叮嘱贝贝："千万不能叫爸爸，因为大家都会不开心，这样大白兔奶糖就会没有的。"

贝贝并不明白，为什么叫爸爸大家都会不开心？但是，他更关心的是不能把大白兔奶糖给弄没有了。所以，他一直牢牢记着得喊舅舅。

进了村子里，巩先生先把肖女士送回了家，他管肖女士的爹叫叔叔，管肖女士的娘叫婶子，而叔叔和婶子则相应地称他为大侄子。

双方一番寒暄，叔叔和婶子不住地感谢大侄子一路帮着照顾他们女儿和外孙，而大侄子也再三说，都是村上的自己人，顺路一起回来，照顾一下也是应该的。

然后，巩先生就径直回了河对面自己的家里。

整个春节，巩先生也经常来看望叔叔和婶子。肖女士也到河对面去看望大伯大伯母，还有那位老实巴交的嫂子。

无论是在河这边，还是在河那边，巩先生总是抢先一步抱起贝贝，一边说"叫舅舅"，一边从口袋里摸出大白兔奶糖。叫完舅舅，还要叫舅舅身边

151

# 人生四季
## ◎求医季◎

的舅妈。

看在大白兔奶糖的分上，机灵的贝贝没有一次穿帮的，总是干脆地叫了舅舅，又叫舅妈。

过了正月十五，巩先生和肖女士又带着贝贝，坐上了南下的绿皮火车。

"快叫我爸爸！"巩先生亲着儿子，迫不及待地说。

"不是说叫舅舅有大白兔奶糖吃嘛！"贝贝有些反应不过来。

"那现在你叫我爸爸就有大白兔奶糖吃。"巩先生口袋里就揣着诱饵。

"爸爸！"看见大白兔，贝贝乖乖地叫了。

"贝贝，以后我们还是叫爸爸！"肖女士说。

整个在城里的时间，巩先生和肖女士还有贝贝又恢复了一家三口的模式。时间一长，贝贝就忘记了老家的那一幕。

转眼又是春节了，已经三岁半的贝贝，又在北上的火车上开启了一次爸爸切换成舅舅的模式，诱饵则从大白兔奶糖换成了金属模型汽车。在南下的火车上，舅舅又自然而然地切换回了爸爸。

年年春节，巩先生和肖女士还有贝贝都是如此在火车上开始切换身份，只不过是诱饵不同罢了。幼小的贝贝是懵里懵懂的，但是他已经知道什么是爸爸妈妈的软肋了，也会狮子大开口提条件了。

终于，在贝贝十四岁最叛逆的季节里，压抑了多年的他狮子大咆哮，冲进里间掀掉了巩先生和肖女士的被子，把这个一会儿是爸爸一会儿是舅舅的男人踩在了脚下："同学们都知道我有妈妈有爸爸，但是学校里关爱单亲家庭的活动中却有我的名字，因为在学生登记表上，我没有爸爸！你给我滚出去！你给我滚出去！"

碍于儿子的阻隔，肖女士与巩先生被迫分离，只能白天偷偷摸摸地相会。自小心理扭曲的贝贝，稍有不开心就对妈妈拳打脚踢，肖女士的泪水只能往肚子里流。而单位里，同事们动不动就嘲笑她抢人家老公，肖女士也是有苦说不出。

摄影：李钦连

肖女士时常一个人气得胃疼，后来胃疼的频率越来越高，到医院一检查，已是胃癌晚期。因为儿子不肯让母亲住医院浪费钱，就把她打发回了老家。拖了半年多，肖女士就凄惨地离开了人世。

巩先生是以村里好友的名义，回来帮助料理丧事的。而她的儿子，压根就没有露面。

墓碑上，除了肖女士自己的名字，既不能出现巩先生的名字，也没有出现她儿子的名字。

是肖女士最要好的小姐妹，把这个悲切的故事告诉笔者的。她说，是肖女士二十多年来压在心里说不出的苦，淤积成了胃癌。

巩女士和肖先生，两个人从小青梅竹马，两情相悦。到了提亲的年龄，巩先生几次三番跟家里说要娶河对面的肖姑娘，但是因为他母亲不喜欢肖的母亲，所以死活就不同意，还硬是帮儿子从隔壁县娶了一个老实的姑娘回来，懦弱的巩先生被迫接受了母亲的安排。

后来，巩先生到城市里打工，肖姑娘也悄悄地跟了出来，错误就是这样酿成的。

## 9. 我们的肩膀承受不了山大压力

五十三岁的孙先生，是"文化大革命"后，国家恢复全国统一高考的早期"骨灰级"大学生。想当年，凡是从千军万马中冲过独木桥闯入大学校门的，都被称为天之骄子。

当时的天之骄子毕业后是包分配的，1982年孙先生被分配在一家超大型国营企业的车间，负责设备管理。他的妻子洪女士，是和孙先生同一届大学毕业分到这家企业的。

洪女士回忆说，大约是在1984年左右，当时他们在企业才工作了两年左右，乡镇企业就作为一种有争议的新生事物，悄然兴起。刚刚洗净两腿泥巴

## 第四章 死亡，人生旅程的终点

的农民伯伯，开始以极为灵活的方式，与城市里的老牌国营企业开展各种合作，虚心地学技术挖人才。

有些眼光远一点的人，就解放思想大胆地进入到了乡镇企业。更多的人，甚至是企业领导，则是身在曹营心在汉，暗地里与乡镇企业眉来眼去。他们夫妻俩也被乡镇企业几次三番地挖过，但是终究放不下旱涝保收的铁饭碗，而留在了国企里面。

然而，教会徒弟饿死师傅。洪女士说，国营企业就像在自掘坟墓，他们眼看着乡镇企业一点点翅膀硬了起来，也眼看着国营企业一点点衰弱下去。乡镇企业用工便宜轻装上阵，而国营企业则背着几十年退休人员的历史包袱，在生产成本的竞争上，国营企业就得先败下阵来。单是企业职工以及家属每年报销的医药费，就是一笔大得惊人的数额。

洪女士说，在 20 世纪 80 年代的末期，乡镇企业已经势不可当，而国营企业则已经明显地马力不足，但是万万没有想到，这么大的企业会说倒就倒了！90 年代初，他们的企业作为"出血点"而被壮士断腕了，孙先生和洪女士双双被买断工龄回家了。在人才市场拼命投简历，才发现他们的技术已经与倒闭的企业一起被淘汰了。

接下来的二十多年里，孙先生和洪女士开过服装店，血本无归。开过小饭店，也是血本无归。做股票，还是血本无归。在中国特色市场经济的海洋中连连呛水，但是他们夫妇上不了岸踩不着底，几经淹没。

天之骄子负债累累，一屁股跌到了社会最底层，痛定思痛，才重新对自己做了定位。洪女士踏踏实实应聘到了一家物业管理部门做管理员，孙先生则去了一家保险公司做了业务员。

保险公司业务员是个业绩压力山大的职业，老实巴交的孙先生吃不好睡不好，只能再次转行，考了个驾驶执照，去做了出租车司机。

其实，对孙先生而言，开出租车也是指标压力重重的一个工作，但是他感到压力最大的是儿子的渐渐长大。让孙先生恨铁不成钢的是，当年他们夫妻高考那年的录取率是一百个考生录取六个，而如今则是一百个考生里面录取七八十个，可他们的儿子居然还考不取，只能混了个职业学校毕业。

儿子自有儿子的理论："读书好有个鬼用？我同学他爸爸是从山上下来的，你们读书的时候他在坐牢，可现在他们家住别墅开豪车，与读书有一毛钱关系没有啊？"

孙先生和洪女士的儿子整天与富二代们厮混在一起，他可以蹭吃、蹭喝、蹭玩，可是蹭不到工资和将来的养老啊。孙先生除了要给自己交社保金之外，还要给从来不工作的儿子找挂靠单位，要帮他交社保金，让啃老族的儿子将来老了也有退休金可拿。

洪女士说，她最早的时候，发现先生一直无精打采，便让先生悠着点，不要太累了。但是，哪怕是在回家的路上，只要有人招手，孙先生就会立即停车载客，驶向客人指向的目的地。他不停地开啊开，停不下来，因为儿子连婚房都还没有。

孙先生感觉肝区有点肿胀，后来发展到有些隐痛，有一天他发现自己的大便居然是白色的了，而且皮肤越来越暗黄，也不知道是什么原因。

洪女士网上一查，吓得心直往下坠，她坚决要求孙先生向单位请个假，去到医院检查一下。

洪女士说，她先生走进医院，就再也没有走出来。医生说他是肝癌晚期，而且已经压迫到了胆管。仅仅不到两个星期，他就离妻儿而去了。直到临终时，他还嘱咐妻子要坚持帮儿子交公积金。

## 10. 他站在高楼万念俱灰跳了下去

笔者一直想采访一下投资 P2P 被卷款的郭老伯，但是提供信息的阿姨回复说，你已经采访不到他了！

郭老伯的小名叫康铭，他这一辈子都活得老老实实，窝窝囊囊。

## 第四章　死亡，人生旅程的终点

康铭他母亲的身世很不上台面，是旧上海四马路会乐里长三堂子的女人，因为怀上了康铭，才得以进入了郭家做第四房。

通常，最小一房总是最受宠爱的。但是，康铭他母亲是最不受老太太待见的一房，所以那些势利眼的用人们，虽然在嘴里是叫着四妈妈，骨子里却是带着强烈轻慢的，连康铭也跟着他母亲受连累。而康铭的父亲，则很少管家里婆婆妈妈的事情。

康铭在郭家的孩子中，是明显受到孤立的，大家都不爱带他一起玩。有一次，家里几个孩子在花园里玩弹弓射鸟，而六岁的康铭只能无聊地和小猫猫玩。突然间，康铭的右眼睛被飞来之物射中，顿时鲜血直流，送到医院里后，被迫摘除了眼球。

小康铭告诉母亲，他猜是花园里那群同父异母的兄弟们玩弹弓惹的祸。但是，没有证据的事情，老太太和父亲都不愿意细查，只是没收了所有孩子们的弹弓而已，这事就没有了下文。

康铭因为眼睛残疾而因祸得福，被分配到近郊的一家纺织厂。"文革"来了，郭家除了康铭保持沉默之外，所有的孩子都义无反顾地站出来，检举揭发资本家父亲。连二妈妈、三妈妈也都痛哭流涕地控诉，她们是被资本家强行霸占的，一转眼仿佛就变成了受害者。

康铭写得一手漂亮的毛笔字，单位里也经常会派他用场，写个会标、做个横幅、弄个大红喜报。但是，谁都不会想到，写字也会写出飞来横祸。

康铭在制作一条大批判的横幅时，墨汁蘸得太饱满，有点渗透到下面的报纸上去了，这原本是无关紧要的。但是，当康铭收起横幅的时候，顿时吓得脸色煞白，因为衬在底下的那张报纸上，有一张伟人的头像。

围观的群众很有阶级斗争意识，立即自觉组成了人墙，那叫保护现场。很快，康铭就作为现行反革命分子被关起来了。

直到1982年，四十三岁的康铭才被平反，母亲与父亲都早已不在人世了，单位给他发还了一间房子。装了义眼的康铭，遗传了母亲外貌而显得非常俊朗，又因为自己补发工资再加上父亲的政策落实，成了很多女孩心目中的钻石王老五。

1983年的"严打"，康铭突然被以流氓罪逮捕，一直到1995年五十六岁时才回来。据康铭自己对外人说，当年有个女孩倒追他，他也一时糊涂昏了头。康铭本来是想既然女孩已经委身于他，那就干脆结婚算了。

可是，在后来的接触中，康铭发现，女孩相当虚荣，而且性格暴躁，尚没有结婚就吵着要看他的银行存折，明显是看中了他的钱，而不是他的人，便决定分手。但是，女孩又以死相逼，于是被迫分分合合了N次。在一次分手的空期，康铭发现了真爱，迫不及待准备与之结婚。但是，前一位女孩不肯善罢甘休而四处上告，终于康铭又回到了熟悉的监狱。

康铭从监狱再一次被放出来时，已经完全看不懂这个世界了，也融入不了这个社会。那一手漂亮的毛笔字根本养不活康铭，电脑刻字早就替代了手写横幅会标。而当年那个让他坐牢的事情，到如今已经完全不是个事情了。

他那些个过期很久的银行存单，曾经是一笔巨款，如今也已经摆不上台面了。康铭在家一宅十几年，虽然过得非常节俭，但也眼看要坐吃山空了。这次，他刚刚踏进P2P平台，就遭遇了灭顶之灾。

康铭想把自己那地段很好的房子卖了变现，可是因为户口无处迁移而只能作罢。

"我今后靠什么养老啊？"七十七岁的康铭无数次地问身边认识的人。终于，他站在高楼顶上，万念俱灰地跳了下去，一了百了。

对康铭这样的孤老，通常是由其所在居委会来出面料理后事的。但是，康铭身后却遭遇了"热心人"，几位从来没有露过面的年轻人却与居委会抢着办理后事。

据说，他们是康铭的侄儿，是冲着叔叔的房子而来，虽然他们几十年从没有来往过。

第四章　死亡，人生旅程的终点

## 11. 老人苦苦哀问为啥不肯救我呀

八十多岁的周老伯有五个孩子，都比较孝顺，也一直在筹划着要带老人出去玩一玩，看一看外面的世界。

可是，出行计划还没有实施，老人却摔倒了，儿女们慌忙把周老伯往医院里送。

医生查下来周老伯是臀部股骨骨折了，但是医院居然没怎么处置，就让家人把老人带回家。

周老伯人虽然躺着不能动，但是他头脑是十分清醒的，所以一直哀问："我疼呀，医生为啥不肯救我啊？"

周家儿女拿着父亲的病史，求爷爷告奶奶奔走了许多医院，都不肯收。儿女们束手无策，眼睁睁看着父亲痛苦煎熬了一个星期，看着他不甘心地离开人世。

周家的小女儿回忆起那个揪心的场面，还是忍不住伤心欲绝，她告诉笔者说，现在高龄老人普遍就医难。

2016年4月20日，《江西广播网》报道称：

"高龄老人毕竟不同于一般的病人。一些医生们也坦言，确实比较怕接到高龄患者。一般来说，老人身体器官退化和功能不好者相当多，一旦出现手术后并发症或器官衰竭，后果不堪设想。因此，医院一般不给高龄老人做手术，也不希望老人长期住院。所以老年患者成为120急诊和医院的'心病'。媒体观察员、省红十字会志愿捐献协会会长宗月英认为，这也从某种程度上反映了当前医疗法律政策配套的不完善，病人和医生都存在风险。家属的心情是可以理解的，作为医院，老年人治愈率和死亡率是有统计的，医生的风险也很大的，如果出现不良后果，是可以投诉医生的。"

一位医生告诉笔者，收治高龄老人的护理难度大、治疗风险大，谁也不

人生四季
◎ 求医季 ◎

愿意多事。

但是，笔者在采访中也听说，有些医院倒是在尽心尽力救治高龄老人，但是往往有些不孝的子女不愿给老人治疗。

湖南的邹先生一口气告诉笔者很多例子：

有一位七十八岁的老人第二次中风，经著名三甲医院救治醒来后，又发生了第三次中风。医院信心满满地表示还有救，老人经呼唤后也已经开始眨眼睛了。但是，老人的五个儿子中，有四个儿子不想再继续治疗了。于是他们出花样，哄主张坚持治疗的那个儿子把父亲转到了民办专科医院，很快老人就离开了人世。

有位七十五岁的老人，只是患了肺炎被送进了医院，但是三个儿子和一个女儿都不肯支付四百元住院押金，导致老人最终死亡。

有位七十岁的继父，平时屡遭继子遗弃。老人生病后，继子没有把老人送到医院，仅仅三天，老人就如继子所愿死亡了。

邹先生说，这样的例子在农村里很多很多，他们那里的村民流行一种观点，人到七十就可以死了，就是活够本了。所以，往往老人病了，都不会送医院，认为那是个无底洞。

笔者了解到，有许多可怜的老人，当年他们待儿女如同宝，而今子女待他们如同草。

在笔者的微信群里，就高龄老人的治疗进行了讨论，有一位冯先生则认为，老人也存在过度医疗的问题。但是，他指的是老人或者家属的自我过度医疗。

冯先生说，有一位八十多岁高龄的老人患了癌症，在医生建议不做手术的情况下，患者本人以及家属都强烈要求做手术。对于家庭来说，想延缓老人的生命是可以理解的。但是，他们难道不知道，癌症是治不好的？花钱受罪，人财两空。这种治疗，对于医生、医院和社会来说，意义何在呢？

第四章　死亡，人生旅程的终点

## 12. 医疗事故后冒出来的至亲骨肉

七十六岁的谈老伯是退休中学教师，他的夫人也是退休中学教师。谈老伯是在路上摔了一跤，顿时疼得不能动弹，被送到医院一检查，结论是膝盖粉碎性骨折，只能手术治疗。

自从谈老伯住进了医院，吃喝拉撒睡，除了护工之外，就全都是老伴在照顾，虽然她已经明显地腰都伸得不挺拔了，也没有那么多力气，可也没有办法。

探望的人来了一拨又一拨，大都是叫他谈老师的，有他的学生，有他的同事，也有他的朋友。但是，同病房的病友从来就没有见过子女来探望过他，大家都还以为谈老伯夫妇是无子女家庭。

谈老伯是糖尿病患者，但是也不知道是怎么搞的，医生在工作上出了大纰漏，居然给他开出了葡萄糖输液。等到老人感觉不舒服的时候，一切都已经太迟了。

医院开始并不承认自己有责任，还说是老年人自身的身体原因所致，事实上也差不多就给忽悠过去了。但是，恰好谈老伯的一位学生是医生，他一看病史，立即就发现了问题所在。

谈老伯的另一位学生说，这年头，如果没个医生内行帮着看病史，普通患者很容易就让医院给蒙骗过去的。

听说老爷子出了医疗事故，他的三个儿子和一个女儿就突然从天而降了！痛哭流涕，比谁都伤心。如果不了解内情的外人，肯定会被这些孝子贤孙所感动。

不像有些医疗事故专业性很强，个中关联错综复杂，而谈老伯的医疗事故简单明了，既往病史上白纸黑字的"糖尿病"，这次急诊和入院病史的血糖监测报告数据清晰可见，医生连续几天给谈老伯用葡萄糖也是铁板钉钉，医院没有任何可以狡辩的。

谈判在艰难进行中，三子一女既有共同点，又有不同点。所谓共同点就是一致要求医院赔钱，不同点则是各自立场的不同要求。但是，三子一女谁都没有考虑过老母亲的利益，仿佛老母亲是这场医疗纠纷的局外人。

已经三年多了，谈老伯的遗体至今还冷冻着，因为那是三子一女与医院谈判的筹码。

七岁的晶晶小姑娘，只是因为普通的感冒发烧，被妈妈带去医院治疗的。医生注意到了晶晶小姑娘是青霉素过敏的体质，所以开输液针剂时，是避开了青霉素的。

小晶晶刚开始输液时，整个精神状态还是不错的，还跟邻座的小姑娘一见如故地密切交流着。可是，输着输着，她突然晕了过去，跟前人赶紧喊护士来，立即抢救，可孩子还是不行了。

小晶晶的妈妈，从女儿晕倒开始，自己也跟着晕倒了。清醒了之后，除了不停地哭泣，她没有干任何事情。当医生宣布小晶晶的死亡信息后，她做的唯一的事情就是号啕大哭，一直到昏厥。

万幸的是，邻座那位输液的小姑娘的妈妈韩女士，头脑异常清醒，还很热心，她非但帮助拍照取证，还偷偷收好了输液的药瓶。

等小晶晶的妈妈稍微冷静一点的时候，韩妈妈把这个输液瓶交给了她。

"可是，我们又不懂的，我们不懂的呀。"说着，小晶晶的母亲拿着输液瓶，又无助地大哭起来。

"事已至此，你哭，不能解决任何问题。人死不能复生，你现在要赶紧通知家里人来，一起弄清女儿的死亡原因。"韩妈妈提醒说。

小晶晶的母亲是个单身妈妈，在这个城市里没有任何的亲人。晶晶的生父与她离婚之后，这男人又迅速结婚生了二胎，所以他们之间很少联系。

小晶晶的生父接到通知赶到医院，从来不关心女儿的他，虽然也是号啕大哭，但是手法完全不同。他在号啕大哭的间隙，忙着了解情况，收集证据。

还是小晶晶的生父发现，输液吊瓶上的名字根本不是他女儿的。是医院把其他人的青霉素错输到小晶晶的血管里了。

整个与医院的谈判、签署协议，这个冷清而精明的男人都撇下了悲痛欲绝的前妻。

## 13. 沉痛葬礼上儿女子孙大打出手

退管会干部宣布："邱××追悼会现在开始。默哀！"

沉重的哀乐声中，站在前排邱老伯的大儿子和三儿子突然互相推搡起来，继而扭住了衣领，谁也不肯放。

两个媳妇先是好像在劝，接着是拉架，再接着也扭在了一起。

后来，两个儿子的儿子也扭在了一起。

因为他们的对话淹没在哀乐声中，所以旁人看去犹如无声片，又像是动作片。

任凭大厅里的团体柔道赛正酣，退管会的干部照样按程序念邱老伯的追悼词。那份淡定，让人想起美国电影《泰坦尼克号》里的乐队。

进入死者家属致辞环节了，但是应该致辞的大儿子已经和三儿子打出了追悼厅，打到了外面的广场。厅里前来吊唁的客人，也跟到了外面，劝架的劝架，帮架的帮架，又不劝架又不帮架的是看热闹的。

追悼厅里，只剩下退管会的干部和静静躺在那里的邱老伯。这两兄弟的打架，不是第一次了，活着的时候，邱老伯管不了他们；死了，那就更管不了了。

知情人告诉笔者："是邱老伯的三儿子对大哥独霸了父亲的葬礼不满，而大儿子觉得自己作为长子，承担起父亲的葬礼，天经地义。"

邱老伯在医院的时候，人还没有最后断气，"殡葬一条龙"的人就已经先赶过来，等待事主死亡了。这"殡葬一条龙"的人把名片塞到了三儿子手里，三儿子则提出要回扣，"一条龙"的人答应给三儿子一百元回扣。

而邱老伯的大儿媳恰好从厕所里走出来，把这一切都听在了耳朵里，并且一刻也不耽误地就传递到了邱老伯大儿子的耳朵里。

大儿子听了不由得勃然大怒，斥责"殡葬一条龙"："我们父亲人还没有走，你们倒像是催命鬼一样上门来等了！这不是给我们家带来晦气吗？要是我们父亲有个三长两短，那就是被你们逼死的！"

"殡葬一条龙"的人一看这架势，立即撒腿就跑，邱老伯三儿子那眼看到嘴的一百元回扣也就化为乌有了，对大哥的仇恨埋在心里。

后来邱老伯的大儿子独自一手办理了整个葬礼流程，三儿子认为，社会上任何工程都是有油水的，所以国家再严格控制管理招投标，可是照样还是有贪污贿赂的事情发生。家里的工程也是一样的道理，和社会上相比，只不过是工程大小的区别而已，其他概念都是一样的。这是家里的最后一项工程，却让老大给全包揽了。

大儿子本来和大家说好，哀乐是乐队现场吹奏的，可刚才殡仪馆是放的音乐，这肯定就有问题，所以老三当场就提出了质疑。

外面的混打还没有结束，可里面追悼厅的包时已经结束了。因为下一家租用追悼厅的宾客已经到了，殡仪馆工作人员不得不把邱老伯推到走廊里。

大家好不容易把外面的混打拉开，再回到追悼厅的时候，横眉上的追悼会会标也已经更换了名字。

七十二岁离世的庄阿婆的一双儿女，也是矛盾重重，好在他们至少忍住没有在母亲的追悼会上大打出手，但是他们最终没有忍住在豆腐羹饭上（上海风俗，丧事宴席）大打出手。

庄阿婆的儿子端着酒杯，连敬了十八桌下来，说话舌头也已经不利索了，却还要追着姐姐说道理。

庄阿婆和老伴，本来是老两口相依为命居住在一个两居室的租赁房里。自从两年前老伴去世后，女儿女婿搬过来照顾悲伤而又孤独的妈妈。

## 第四章　死亡，人生旅程的终点

但是，直到庄阿婆突然脑梗去世，在办理死亡证的时候，做弟弟的才知道，姐姐姐夫和外甥女的户口，都早已经迁进了这套租赁房。

不爽之余，弟弟提出将自己儿子的户口也迁进这套租赁房，却遭姐姐一口回绝。

"这是父母的房子，我做儿子的也有份的。"弟弟说。

"这是租赁房，不是产权房，所以妈妈不在了，就自然转为我租赁，跟你没有任何关系！"姐姐说。

"你说与我没有关系，你有父母的遗嘱吗？"弟弟不同意。

"这不需要妈妈的遗嘱，妈妈在生前就已经同意将我们的户口迁进来，没有妈妈的同意，我们户口也不可能迁得进来。"姐姐说。

"那我也要把我儿子的户口迁进来，我儿子是妈妈唯一的孙子。"弟弟说。

"这跟唯一的孙子没有任何关系，我迁户口进来，是因为妈妈的邀请。我现在没有打算邀请你儿子把户口迁进来。"姐姐说。

"这是妈妈的房子，我们也要住。"弟弟说。

"你没有户口，你就没有居住权。"姐姐说。

"你的户口是骗妈妈迁进去的。"弟弟说。

"骗不骗不是你说了算的，告诉你，即使我当时没有迁户口进去，现在也轮不到你，妈妈是租赁房，如果我们的户口不在里面，那么这套房子就被国家给收回去了。"姐姐说。

"你假装去照顾妈妈，其实就是抢房子！"弟弟说。

"那妈妈当时孤苦伶仃的时候，你怎么不去照顾妈妈呢？"姐姐说。

"你一共就只照顾了两年，就能独占这套房子吗？"弟弟说。

"那你为什么不来照顾这两年呢？"姐姐问。

"那爸爸妈妈的遗产呢？他们这些年的退休工资去了哪里？"弟弟又追问。

"爸爸妈妈在的时候，你对他们不闻不问，现在他们不在了，你到关心起他们的退休工资来了。告诉你，退休工资的另一个叫法是养老金，什么叫养老金？就是养老用的钱！你以为爸爸妈妈养老不需要钱？你以为爸爸妈妈活着的时候不用一日三餐？不用春夏秋冬换衣服？不用去医院看病？"姐姐说。

……

这样的对话，已经像车轱辘大战一样，持续好几天了。今天弟弟喝了酒，终于忍不住了，一拳上去挥在了姐姐的脸上。但是，姐姐边上的姐夫也不是吃素的，立即以迅雷不及掩耳之势一拳回到了小舅子的脸上。

混战，就是这样开始的。

## 14. 请把厚葬的钱用在厚养老人上

金老伯虽然是在农村居住，但是他也是有点文化的，当年他是响应国家号召，从城市里的企业离开带着妻儿回到家乡务农的。

儿女们小的时候倒也不懂，但是到了青春期时，正是礼崩乐坏的"文革"，便纷纷埋怨老爷子把他们带回了农村的"火坑"。从此，父母在儿女面前，就再也没有了尊严。

金家的四个儿子住的都是土豪气派般的三层别墅，四幢相连。而金老伯则住在相距不远的一间矮房子里，看上去残垣断壁，破败不堪，据说就是当年老宅的柴房。

其实，儿子们刚刚建好新房时，金老伯夫妇是住在大儿子那套别墅底楼的西间，毕竟老宅是金老伯当年返乡时翻建起来的。

虽然与大儿子住在一个屋檐下，但是金老伯夫妇是自己开伙。自从妻子抛下他而去，所有吃的穿的都只能是金老伯自己料理。

寿高则多辱，金老伯在大儿媳的辱骂虐待中，完全没有生活质量地活到了八十三岁。之所以后来会被大儿媳赶到了柴房居住，是因为嫌他身上还有房间里都是"老人臭"。

## 第四章　死亡，人生旅程的终点

其他子女都没有提出异议，只是偶尔多了剩菜剩饭会送一点到柴房。金老伯的待遇，甚至都不如儿女们家里养着的宠物犬。

有一次，金老伯哮喘发作，苦苦央求着儿女带他去医院，可是没人搭理他，就等着他自生自灭。

在凄凉与孤独中，金老伯终于油尽灯枯。

金老伯活着的时候，根本就没有儿女关心他的冷暖和温饱，连陪着他说说话的人都没有。但是，在他绝望地咽下最后一口气的时候，肯定不会想到在自己的身后，竟然会极尽哀荣。

在儿子们四幢别墅的场地上，搭建起了硕大的白色充气拱门。拱门的横眉上，粘贴着黑色醒目的"沉痛悼念父亲大人"，而拱门的门柱上则是儿女写给父亲的挽联，"儿孙跪榻苦哀唤难留严父音容貌青山低垂掬厚土长叹饮泪纳英魂"。

出殡的队伍穿过拱门，走在最前面的是规模庞大的管乐队，身着礼仪制服，胸前还点缀着绶带，看上去非常庄严。乐队轮流演奏着《你是我的好爸爸》《父亲》等曲目，令人啼笑皆非的是甚至还有港台歌星的《死了都要爱》。

队伍中有一群捶胸顿足号啕大哭的男女老少，假如金老伯地下有知的话，一定会非常纳闷，因为他并不认识这群人啊。这可是他的儿女们花钱雇来的专业哭丧队伍，一会还要开唱各种歌曲呢，还有钢管舞也要上的，虽然金老伯不一定知道什么叫钢管舞。

儿女孝顺，也不管阎王爷那里会不会通货膨胀，就弄了大量的冥界金银财宝让老父亲带去，纸别墅、纸电视机、纸冰箱……一应俱全，连金老伯生前从来没有能够享受过的手机、电脑，还有高头大马、汽车、飞机都备下了，并且周到地连汽车牌照也配上了，甚至还为父亲定制了好几个美女，这让九泉之下的母亲如何面对呢？分明是给冥界制造不稳定因素嘛！

在这种场合，身披袈裟的僧人也是不可或缺的，道场佛事一直持续了几天。

最奇葩的场面是，伤心欲绝的人们举杯痛饮，连续三天大鱼大肉，大吃

摄影：李钦连

二喝，居然大家都觉得与葬礼毫无违和感。

## 15. 从容坦然面对死亡之神的降临

六十岁的包先生刚开始发烧的时候，还以为只是普通的感冒发烧。因为持续高烧不退，他才去医院治疗的，结果被查出是得了白血病，而且是最凶险的一种。

包先生非常镇定，立即召集了同学聚会。这一次，他是瞒着太太与同学见面的，事先还吩咐大家谁都不能透露风声给他太太。

同学们都有些纳闷，往常，包先生到哪都会带着太太，美丽的校花太太是他一生最大的骄傲。而且，包太太也是他们同班同学啊，没有理由不让她参加啊。

大家一见面，立即发现包先生神色不同往常，看上去非常的严峻。他一开口，就更严峻了：

"今天把大家召集来，是我要拜托同学们，帮我照顾好我太太的下半辈子！"

"说什么呀，发生啥事情了？搞得好像你要上前线去打仗一样的。"

"我是说真的，上前线，那还有凯旋的可能，我的这个上前线打仗，凯旋的可能性小之又小。"

同学们知道包先生没有开玩笑，一时也不方便插嘴问，就在严肃的氛围中静静地听他说。

"我上星期被查出了白血病。"

"确诊了吗？要多跑几家医院才放心。"

"这几天我跑了很多家医院，确诊了。"

"那也不要太担心的，现在医学发达了……"同学们七嘴八舌的安慰其实有些言不由衷，大家都知道白血病意味着什么。

"我问过医生了，是最凶险的那种，只有三个月到半年的生命了。"

人生四季
◎求医季◎

"那咱们也不能悲观，说不定就会发生奇迹的。"

"在这段时间里，哪怕只有一线的希望，我都会积极配合医院治疗。"

"对！积极乐观接受治疗，老实说，许多癌症病人不是被病魔折磨死的，而是自己吓死的。"

"我已经想过了。我会正确面对死亡的，目前是两手准备，一手是积极治疗，还有一手是积极为自己安排好后事。大家都是老同学，我们家的情况都知道得一清二楚，我太太恐怕无法面对这些。我希望大家能够陪伴她度过最艰难的日子。"

"你先不要想太多了，但是你放心，我们一定会陪伴她的。"

"大家知道，我最担心最放不下的是我太太。这几天，我天天都在想我太太后半生的养老问题。"包先生说。

"需要我们出力的尽管说，我们有钱出钱，有力出力。我建议我们班同学募捐一下。"有同学建议为包先生募捐，也立即有同学积极响应。

"同学们的好意我心领了。但是，我事先宣布，我不会接受大家一分钱的募捐。我自己都已经计划好了，我们所有的积蓄总共还有四十五万，那么我拿出三十万作为治疗费，还有五万购买双穴的墓地，再剩下十万给我太太留下应急。

"那么，我太太没有收入，整个下半辈子养老靠什么呢？我本来想，我们现在这套两室两厅两卫的住房地段好，卖掉之后换套地段差一点的一室户，房款的差价有一百多万，就可以做理财投资，她把利息当退休金养老。但是，我又担心她没有能力理财投资。所以，最后想来想去，还是决定房子不卖，采用出租房屋的办法养老。我太太自己用一室一厅一卫，再给房客用一室一厅一卫。将来要拜托同学们帮我们把把关，找好一点的房客。万一发生什么纠纷，也请大家协助解决。"包先生说。

"这个你放心，即使你不拜托我们，她也是我们同学，我们一定不会袖手旁观的。"同学们纷纷表示。

## 第四章　死亡，人生旅程的终点

"我是临终的人了，大家原谅我说话难听，我就怕一开始大家都热心帮助，但是时间久了，就可能渐渐淡忘了，而我太太又是不好意思开口求人的。所以，我今天想成立一个托孤小组，我自己没有孩子，我太太就像是我留下的一个孤儿。这个托孤小组就由五位同学组成，全班同学作后盾。一旦托孤小组有人因为种种原因照顾不过来，那么就立即补充一位同学进入托孤小组。趁我现在还活着，我今天在这里郑重拜托大家！"包先生站起来，逐个向同学们双手作揖，一一叫着名字拜托。

同学们也纷纷表态，让老同学放心。

成立了托孤小组之后，包先生开始转而物色墓地，筹备自己的追悼会，他决定追悼会在生前举行。而直到包先生的追悼会上，包太太才知道自己先生得了不治之症。

## 人生四季
◎ 求医季 ◎

**作者特别说明：**

本书文字只是围绕"生、老、病、死"这四个字，记录一些人间百态的故事，而不是"生、老、病、死"的参谋，更不是就医治疗的指南。

凡是本书涉及的疾病及治疗的文字，纯粹属于民间的原生态故事化叙述，而不是属于医学范畴的专业知识论述。即便文中引用了有些医生的观点，那也仅是医生个人的观点而已。

每个人都有个体差异，发现身体异常之后，也有不同的发展进程，冷静仔细观察之后，有问题还是需要及时去正规医院接受检查治疗。

本书所提及的各种不同生活方式以及医疗方式，是故事主人公自己的选择，而非本书倡导或批评的生活方式以及医疗方式。对于故事中不同的健康理念，本书无意进行褒或者贬。

2016 年 8 月于上海

本书署名李钦连的图片与内容无关

无署名图片由作者提供